往昔之城

孙彤 著

国际文化出版公司

·北京·

图书在版编目（CIP）数据

往昔之城／孙彤著. — 北京：国际文化出版公司，
2020.4
ISBN 978-7-5125-1185-9

Ⅰ．①往… Ⅱ．①孙… Ⅲ．①散文集－中国－当代
Ⅳ．① I267

中国版本图书馆 CIP 数据核字（2020）第 003669 号

往昔之城

作　　者	孙　彤	
责任编辑	张　奇	
封面设计	鸿儒文轩	
出版发行	国际文化出版公司	
经　　销	全国新华书店	
印　　刷	三河市华东印刷有限公司	
开　　本	880 毫米 ×1230 毫米　　32 开	
	9 印张　　　　　　　207 千字	
版　　次	2020 年 4 月第 1 版	
	2020 年 4 月第 1 次印刷	
书　　号	ISBN 978-7-5125-1185-9	
定　　价	48.00 元	

国际文化出版公司
北京朝阳区东土城路乙 9 号　　　　邮编：100013
总编室：（010）64271551　　　传真：（010）64271578
销售热线：（010）64271187
传真：（010）64271187-800
E-mail：icpc@95777.sina.net
http://www.sinoread.com

目 录

"刹那"芬芳　　　　　　　　001

爱情是幻想出来的幻想　　　004

保持内心的飞升　　　　　　007

仓　促　　　　　　　　　　010

存在感　　　　　　　　　　012

悼念杨绛先生　　　　　　　014

笃　定　　　　　　　　　　016

浮光掠影　　　　　　　　　018

孤　独　　　　　　　　　　020

幻　象　　　　　　　　　　023

光影人生　　　　　　　　　025

凉天佳月即中秋　　　　　　028

论酒友　　　　　　　　　　030

率性的"徐老大"　　　　　033

木　心　　　　　　　　　　037

生活只是刚刚开始　　　　　039

时间都去哪儿了 044

谈遗忘与自嘲 048

文学——心学 051

我喜欢有故事的人 055

夏 雨 057

养生在于养心 059

忆玉树 062

在梦中长大的孩子，都是极端孤单的 069

伤离别 071

子欲养而亲不待 073

回不去的流年 076

一个人的第一场雪 078

熄 080

往昔之城 082

漂 泊 084

"被"长大的时代 086

"五四"漫想 088

成长的权利 090

寻找属于自己的屋子 092

春天里 094

坦荡荡，往前走 097

卸 101

再别北京 103

晨光微凉 106

路与蛇 109

浮世寂影 112

每个人都需要成长，都在"被"成长 114

温煦的青草地 118

也谈生活与艺术 123

直面战争的沉殇 125

树的存在主义哲学 128

美与美的对接 130

爱是一种修行 134

链 137

堡　垒 140

补　偿 143

存在的扁担 145

"三八"节有感 147

女人之为女人 150

头发短了 153

悬浮于远方 155

烟花般的孤独 157

内　敛 159

愈美丽，愈罪恶 162

皂罗袍·新曲 164

挥　手 166

春节——感恩节 168

归 170

回家路上的尊严 174

就此老去 176

陪伴我们成长的那些人、那些事儿 179

期　待 183

目　送 186

隔　阂 189

懂　得 192

只是一种情绪 194

沿着视线的河 196

无涯的圆圈 200

刚入伍时 202

信仰应当被"激活" 210

胜利在胜利之外 213

黄河的诉说 216

红土情 219

走进猛虎师 222

生命的色彩 227

传承的丰碑 229

脚踏大地，仰望星空 237

触摸文字的快乐 239

离　歌 241

出去走走吧 244

此去经年 246

东京梦华 248

释然人生　　　　　　　　　251

守候和游走　　　　　　　　253

一如既往的夏天　　　　　　255

随　吟　　　　　　　　　　257

散　曲　　　　　　　　　　260

另外的海洋　　　　　　　　262

在路上　　　　　　　　　　264

秋雨秋思　　　　　　　　　267

清夜唤真　　　　　　　　　269

正午时分　　　　　　　　　271

明　朗　　　　　　　　　　273

冬天的下午　　　　　　　　275

"刹那" 芬芳

人生在世如春梦，且自开怀饮几盅。

——京剧《贵妃醉酒》

总觉得自己现在的心态和朱自清的"刹那主义"有些合拍，内心不至于慌乱，但有些微波轻澜，带着些许的悲观意蕴，却又不乏积极的眺望。

"刹那主义"是朱自清先生在生活方式的层面上提出的，他曾在致俞平伯的信中第一次提到它，并把其定义为"日常生活的中和主义"。大概他也是为生活所负累吧。如果总去思考人生等诸多大问题，不免会陷入虚无和颓废，还不如把生活审美化，把个体生命看作是一个个历程，是"刹那"组成的，每个历程又有其独立的价值，有应有的趣味。人应该去享受这个过程，发掘生活之美，把每件事都当作乐趣来做。朱自清还动态地把生命划分为"过去""现在"和"将来"。他认为只有"现在"才是人生观的核心；"以前"追不回来，不必捶胸顿足去惋惜；"将来"还未到达，更不必费尽心思去筹虑。我却觉得只有"自我"才是核心，别人，总是你想操纵也操纵不了，想改变也无能为力的，只有回到自己的内心，才能感受到生命的自足和快乐。

俞平伯认为"刹那主义"从源流上说是颓废主义与实际主义的结合，本质上有着积极意味，是肯定人生的正面意义的；叶圣陶则认为是"入世的、实际的刹那主义"，细细品来，却能感受到一种无可奈何，得乐且乐的颓废，以及对未来无力把握的自我宽慰。

朱自清说："世界是一张'无大不大'的大网，每一个生命个体都不过是这'大网'上的'一个极微极微的结子'。"因此，他告诫自己，"我们的生活，我们的将来，我们的世界，只是这么一个小小圈子。要想跳过它，除非在梦中，在醉后，在疯狂时而已！—— 一言以蔽之，莫想，莫想。"

有些事，总是欲求而不得。与其这样，还不如不想。在过程中寻找满足，很多时候只能承认现实，但还是可以在这种拘囿中积极享受人生，纵然有些事真的无多少乐趣可言。只有抱着这种"既不执着，也不灭绝的中兴人生观"来摒弃失望，过滤出内心的安宁来。

我也常为看不到前路而疲倦和失望，面对自己时总觉得无助，但又不能一直颓废下去，所以就只有选择这种"入世"的积极态度，无可奈何又不得不忍着、承受着，有意识地克制自己不去过分计较。总不能因为一点委屈就呼天抢地、怨天尤人，努力向和平中正、敦厚谦和的性格靠拢，遇事要从容而定，淡而处之。

也许来年，花儿都开了，我还蜷曲在一堆琐事中，理不出头绪。但我想我还是能在累负之余，静待春来，还能留有闲情雅致去看陌上柳色，草长莺飞。

朱自清有一首长诗《毁灭》，很明确地宣告了自己的生活方式："……从此我不再仰眼看青天，不再低头看白水，只谨慎着我双双的脚步；我要一步步踏在土泥上，打上深深的脚印！……"

"待顺流而下罢，空辜负了天生的我，待逆流而上啊，又惭愧无力。"走好自己的路就行了，其他的，世事如轻烟，如浮云，管不了，也少管。

用"刹那主义"去理解世事，权当一种手段吧，倒也给了自己些许勇气。

路上车少了许多，前几天省城的每条马路都像栓住的血管，直堵得我青筋暴露。我远远地看到省医院几个字在夜色中闪烁，门口有提着饭盒的人匆匆而过，突然感慨，过年就是让欢喜显得更欢喜，让孤单显得更孤单。一直有个愿望，除夕夜能安静地回到书房里读书。古人读书讲究环境与意趣，有诗形容读书的四种境界，谓之读书四景：一、绿满窗前草不除；二、红袖添香夜读书；三、雪夜闭门读禁书；四、数点梅花天地心。

除夕夜，既无雪亦无梅，唯有爆竹声声，应别有一番意境吧。

爱情是幻想出来的幻想

> 弱者永远无法进入爱情的王国，因为那是一个严酷、吝啬的国度。
>
> ——《霍乱时期的爱情》

爱是世界上最艰难的事情，我亦这样认为。最近一直在看《林徽因传》，那个似人间四月天的完美女子，掠尽了人间所有的美好：出身名门，才华横溢，美貌绝伦，经历了爱情的百转千回后，又有了一个世人看起来还算不错的归宿。

林徽因美，美得清冷，美得无暇，就如她自己的诗歌："我说你是人间的四月天；笑响点亮了四面风；轻灵在春的光艳中交舞着变。"都说世事苍凉，人生落寞，她的姹紫嫣红的爱情却为她搭建了人生最美的风景。历史的余烬凉了，那个优雅的身影隔着岁月的烟波，化成了一袭剪影，越发朦胧起来。也好，谁都不愿打破那个神话，在这样一个千疮百孔的俗世，毕竟还需要神话和传奇的力量去抵御落寞的苍凉。

我们能明明白白地读懂张爱玲的凄清，看透萧红的悲凉，领悟丁玲的坎坷，但我们能进入林徽因的内心世界吗？不能。从她来到这个世上到生命华丽谢幕，始终都被光环包围着，她刻意屏蔽了世间的清苦，又似乎很热爱那种有温情、有身份、有尊严的包裹，她的爱情和婚姻被赋予那么多浪漫的色彩，空灵，唯美，却独独不真实。

我一直都觉得林徽因是个绝顶聪明的女子，她懂得恰到好处的取舍。那个给了她真挚爱情的男子最终未能成为她的选择，她放弃了。也许她早已明白，爱情最完美的归宿不是婚姻，或者她认为徐志摩给不了她完整的爱。虽然当时的徐志摩对张幼仪百般冷落，把所有的热烈转让给了林徽因，但依旧没能赢得佳人心。徐志摩的感情是分明的，爱就是爱，不爱也无法勉强；但林徽因不同，她爱着，但是选择了割舍。当徐志摩还在为逝去的爱情悲戚时，她却转身就把一段感情抛得干干净净，全身而退。回国后，她为自己找了一个最稳妥的堡垒，放弃了浪漫，选择了烟火。她毅然嫁了，嫁得干干脆脆，她太留恋凡尘。

然而，她认为可以相伴一生、至死不渝的伴侣，却在她香消玉殒后另结姻缘，倒是她冷落了一辈子的金岳霖为她痴守了一生。我固执地认为林徽因是不爱金岳霖的，所有的史料上都只是记载金岳霖如何守护林徽因，却丝毫没有提及过林徽因对金岳霖的感觉。也许这样一个男子的守护，像一盏烛火，有着熨帖的温暖，却不够明亮，驱不散那心底的凉。

人生没有回头路，每一寸光阴都要经历过之后才会明白，若有来世，她是否还会这样选择？

林徽因不会像张爱玲那般清坚决绝，更不会像陆小曼那样孤注一掷，她不愿辜负任何一个春天，不愿辜负自己的美貌，辜负自己的才识，辜负上天所赠予她的一切。是啊，有多少女子会如她般得到上天如此的眷顾呢？所以她不会让自己的心沉沦于寒冬，不会大喜大悲，她永远都是平淡、平和、平静的。在爱情里，她像一只潇洒的百灵，可以任意择枝而栖。

有句老话说，对于女人，爱情是生活的全部，但对于男人，那只是他生活的一小部分，不管当初他给过怎样的承诺，在面临选择的时候，他永远比女人现实而理性。看起来最温柔可人的林徽因，内心却无比强大，她不惧怕残酷，她甚至在享受这个过程。她生命中像云一样飘过的男人们，让她感受过爱情的美好，她也会在云朵的庇护下做短暂的休憩，也许还因此产生过留恋，但她始终没有停下过脚步，更不会为了一片云而放弃更广袤的天空。

因为她懂得，人生没有绝对的安稳，不如从容淡泊地且歌且行。

保持内心的飞升

——读贾平凹《带灯》有感

天亮时分，大雨，气温骤降，再有两天就立秋了。秋天是我顶不喜欢的一个季节，极度不喜欢，可能是因为我不愿意面对从热烈到苍凉的转变。当秋天到了的时候，什么都会变凉的，云朵会变凉，空气会变凉，情到浓时亦转凉。

在什么时间读到什么样的书也是一种机缘。床头上一摞厚厚的书，贾平凹的《带灯》是压在最下面的。在无比闷热的盛夏午后，看到阳光竟然越过窗棂爬进来，就恍惚觉得秋天很快就要到了。我把这本书从底下抽出来，开始在喘不过气来的炎热中品读带灯的命运。一开始觉得读起来涩涩的，看到一半的时候，还总和父亲抱怨："写的啥玩意儿，看得我老走神。"可是越往后越读出了些许禅意。

带灯——一位充满文青气息的镇政府女干部，本名是叫"萤"的，因不满"腐草化萤"的说法，把名字改为"带灯"，就像带着一盏灯在黑暗中穿行。她负责综合治理办公室的维稳工作，接触了形形色色的人，每日很负责任地去处理农村里的琐事。但就像一滴油始终融不进水里一样，虽然被捆绑在现实的芜杂中，带灯的精神世界却纯净无比。她有着与众不同的超然脱俗，内心丰沛，她是生长在草木中的精灵，面对杂乱的乡村矛盾，一直固执地找寻着内心的安宁。

有人说贾平凹写出了当代农村社会问题，以深厚的人道主义情怀呼吁对社会管理体制的改革，深刻且犀利，我却觉得带灯这个人物无论是在思维模式，还是人生状态上，都给人许多启迪，尤其是她强大和坚韧的内心。虽然她也会无奈地说："也许我的命运就像这红蜡，火焰向上，泪流向下。"然而在现实中无处可逃的时候，她就把理想寄托在情感想象之中，远方的乡人元天亮成了她在浊世中寻找解脱的精神避难所。她不断地给他写信，向他诉说。

还好，她还有可以诉说的机会。元天亮是引领她精神飞升的锦云君子，他在她心里是那么高风亮节，那么可敬可佩，他就是一团飘在山峦间的云，她一直追随着他。有了他，她就能在烟熏火燎的俗世里强健刚毅，能量充沛；有了他，她就能镇得住村里那些鸡飞狗跳，喝药上吊；有了他，就没有什么能够打倒她了。

每个人面对的都是一场人生的旅行，只是大多数都不会为了虚无缥缈的远方去服从本能的召唤，牺牲太多的代价。我虽没有那么多鸡毛蒜皮的琐事要摆平，但依旧深觉生活的烦琐和芜杂，生活常常不是既定的样子，就像带灯说的她丈夫学画的事实。开始学画时，想画老虎，结果画出来像个狗，把狗画着画着画成了猪，猪还不大像，干脆就全涂满了墨画成夜，这夜如瞎子一样黑，没月亮，也没星星。我看到这段话大为惊异，就像生活过着过着就成了一种你完全想象不到的状态，在这异形中，渐渐地被困住了。

只是，鸟儿是注定要飞翔的，飞翔是一种本能，因为内心深处一直期待一次彻底的出走，但是树始终是小鸟一个真实的梦。俗世中的人们能像带灯一样，每天面对无法摆脱的杂乱时，内心却不断地向上飞升吗？能否找到那棵树呢？又能否用燃烧的光亮烛照出自己的灵魂呢？

仓　促

农历小年夜，我愈来愈觉得冷，冷得浑身发抖，一量体温到了 39.2℃，坚持着没去医院，实在不想再光顾那个地方。

体温越升越高，睡意却渐渐退去，想来这大半年过得确实不易，经历了各种疼痛，先是髋关节滑膜炎，直愣愣地在床上躺了半个月，后又胃炎、牙疼、初冬时候又患了腕管综合征，双手麻木得没有了知觉，来来回回跑了几趟神经内科和骨病科，都没有给我什么明确的治疗方法，只好又去按摩医院做按摩治疗。短短的几个月，我对医保定点医院门诊楼的内部结构了如指掌，都可以在医导台兼职了。

然而，疼痛的身体在长久的忍受中让我穿越了粗糙的生活表象，发现了更深邃的生活本质，对人类各种情感的重新领悟带来内省性的精神飞跃，它们和我之前所理解的大相径庭，差之千里。

我浏览手机报的时候看到一句话："我们似乎总会在某一年，爆发性地长大，爆发性地觉悟，爆发性地知道某个真相，让原本没有什么意义的时间的刻度成了一道分界线。"我的人生就这样突然步入另外一个阶段，在我还没有完全准备好，甚至不情愿的状态下，身体和灵魂经历了复杂的纠缠之后，仓促地揭开了我生命中隐匿着的另一种可能，从一种形象到另一种角色，从一种经验到另一种感受，猛然间感受到一个稳定、完整、统一的自我。

我在一刹那醍醐灌顶般领悟，曾经细细碎碎的忧愁和伤感豁然被冲刷得干干净净，连点残渣都不剩，满足感肆意蔓延至各个神经，甚至都没来得及和过往挥一挥衣袖。生活开始显现从未有过的简单、惬意和轻松。以前总觉得没有安全感，现在一颗心"咣当"落了地，稳稳妥妥，日日都是好时节。心绪是从容的，脚下的步子也迈得从容，虽然不是所有的事情都有一个圆满的结局，谁人不曾当局者迷呢？好在人生的路走着走着就船到桥头了，烟消云散了，峰回路转了，柳暗花明了，曾经认为重要的东西，贬值不过一瞬间。

如果按传统来说，一年之中所有的节日，顶数春节是最大的，春节是过去一年的归零，也是未来一年的开始。在最寒冷的日子里迎接春天，从心到身都需要沐浴，但愿这是最后一次生病了，即使是新的一年，也是最后一次。

存在感

也不知道什么原因，最近自己的状态如遇到阳光的冰雪，在很短的时间内就坍塌得不成样子，终日颓然地思索一些终极问题，比如人生、灵魂、命运，等等。

看到周国平的一段话：灵魂寻找自己的来源和归宿而不可得，感到自己是茫茫宇宙中一个没有根据的偶然，这是绝对、形而上、哲学性的孤独。灵魂寻找另一颗灵魂而不可得，感到自己是人世间一个没有旅伴的漂泊者，这是相对、形而下、社会性的孤独。前者使人走向上帝和神圣爱，或遁入空门；后者使人走向他人和人间爱，或陷入自恋。谁若怀着形而上的孤独，人间的爱在他眼里就有了一种形而上的深度。当他爱一个人，他心中会充满佛一样的大悲悯。

我时常会突如其来地厌恶一件衣服、一个地方、一个人，甚至一种表情，常常觉得是他们让自己变得不堪，其实没有人逼迫我，是自己要入套，钻进了早已打造好的笼子里。因为要想一直保持战斗的姿态很难，来自周围的力量是很可怕的，只是一味保持着反抗的姿态也是很累的。

人的一生要钻进多少笼子呢？情感的，道德的，社会的，等等。人类可以主宰的自由又有多少呢？只不过那么可怜的一点点罢了，但大多数人还是愿意被束缚在牢笼里，这是一种活下去的本能，然后拥有所谓符合世俗规则的东西，因为只有这样，才看起来是顺理成章的。

之前也常常会不可自抑地用最激烈的方式挽回一些东西，但最终多半是无效的，对自己也是有害的。已经逝去的东西偶尔拿来回味一下便好，真要翻起旧账，除了搞得自己很难堪，对于现在和未来没有任何意义。

每一个问题都有两个截然相反的答案，有些事情总会过去，有些想法稍微转个弯就会不一样。压力，通常面对的不是真正的沉重，而是一种缺乏自我解压的能力，如果能镇定下来，找到自己的原则，一切都会变得轻松。还是不要碰到一点压力就把自己变成不堪重负的样子，碰到一点不确定性就把前途描摹得黯淡无光，这些大概都只是放弃自己的最拙劣的借口。保持一个真实的自我和一个饱满的灵魂，毕竟这是拥有存在感的基本能力。

悼念杨绛先生

杨绛先生平静地走了，在很久以前她就已参透人生，能坦然地接受死亡。她在一百岁的时候写道："我今年一百岁，已经走到了人生的边缘，我无法确知自己还能往前走多远，寿命是不由自主的，但我很清楚我快'回家'了。我得洗净这一百年沾染的污秽回家。我没有'登泰山而小天下'之感，只在自己的小天地里过平静的生活。"

如今她的离去反而让大家感觉死亡不是那么沉重，她终于不用在这尘世中孤独地生活了，在那个世界，还有一个称她为"最贤的妻，最才的女"的钱钟书和爱女钱瑗久久地等着她，他们仨终于又幸福地生活在一起了，这漫长的等候终于有了终点。

"天生万物，人为万物之灵。天地生人的目的，该是堪称万物之灵的人。人虽然渺小，人生虽然短促，但是人能学，人能修身，人能自我完善。人的可贵在人自身。"她这一生都在克己修身，生于乱世，跨越了两个世纪，却是最从容、最与世无争的精神贵族。历尽沧桑，却有一颗善良的心，克服了时代的荒谬和悲苦，用自己生命的炉火照亮暗夜。

杨绛先生一生都在践行她翻译的英国诗人兰德的那句诗歌："我和谁都不争，和谁争我都不屑……"也许我们缺少的恰恰是先生那种笃定的安静，也许笃定本身就是对生命尊严的一种维护，一种生命的气度，即使在"文革"时代，她都保持着一种淡定从容，这成就了她生命的风骨。就像尼采说的，在自己的身上，克服这个时代。

今早在班车上看报纸，大幅照片很像我姥姥，于是拍了发给母亲，母亲只回了一个悲伤的表情符号。姥姥生在民国元年，比杨绛小一岁，如果姥姥在，也一百多岁了。我说杨绛他们仨在天国团聚了，我姥姥和姥爷，还有大姨，也幸福地生活在一起。母亲回信道："今年你大姨去世十周年了。"

车窗外，花开的声音，树叶抖动的声音，车鸣笛的声音，云朵飘过的声音，各种声音混杂在一起，声声入耳，幻化成时间走过的声音。

笃　定

　　又到岁末，看到很多朋友都在做着新年计划，要回归内心，要改变自己，等等，我却觉得没有什么要改变的，也不想改变。我也曾试着做过一点点努力改变一下，但又觉得没有意义。多少年了，就长成了这样，一点就着，不太冷静，碰上是非要立刻解决，一分钟都不能耽搁。这种急躁写在脸上，刻在骨子里，以至于多年未见的朋友一见我，说了不到两句话，就拍拍我的肩膀说："还是那个急脾气。"

　　我承认我多少有点强迫症，很少原谅自己。看见体重计显示的数字多了一点会焦虑，想到规定时间没有读完的书也会焦虑，甚至一顿饭吃得时间过长也会焦虑。总是觉得在追赶着什么，却茫茫然未可知。今天不知道明天会发生什么，这一刻不知道下一刻会发生什么，世界像一个巨大的漩涡，我在拼命摆脱这种吸力，但最后终究被世俗招了安。昨晚还和朋友讨论，我狠狠剖析了一下自己的灵魂，终于得出一个结论：我就是个地道的伪"文青"，看上去很飘逸，但其实还是很看重现实的。除了内心有很多梦幻般的想象，比如诗歌和玫瑰，骑士和旅行，还有时刻想要出走的冲动；比如还在追求着时尚、艺术和精神的传说。她沾沾自喜道："我早就说过的嘛。"

越来越不想与人诉说，内心的许多感受就像一壶正在发酵的酒，说了也就那样，还不如闷着。这种感受有些小孤独，像午夜露珠，清冷冷地落满枝丫，也灌满了我所有感官，孤独有着怎样的气味和口感，自己能体会最好，说出来就变了味。

圆滚滚的、朴素却又闪着饱满光泽的过去，很快又要被今天和明天挤压成薄薄的碎片。我仿佛已经看到有数不清的希望和失望在等着我的脚步碾过，它们遍布在各个月份，翘首盼望着我与之相遇。这个世界上，总有着太多未完待续的故事，还有不断从过去蔓延出来的新生。未来不可辨别，但内心却更加笃定，只知道好好爱自己，其他的，没什么大不了的。

我总是个盲目的乐观者，即使前一秒钟悲观得觉得天空都要坍塌了，下一秒钟还是会奇迹般自愈，并且很快就欢天喜地，不得不佩服自己有着如此自我的内心和强大的修复能力。

也许下一步，转身就见宽广。

浮光掠影

　　一个刚毕业走上工作岗位的女孩和我在微信上聊天，她说为了能在北京落个户口选择了现在的单位，没有什么实质性的工作，每日无所事事，上班就等于浪费生命；还说刚刚步入社会，那叫一个不适应，从小到大的生活圈都是很高大上的，虽然不能说谈笑皆鸿儒，但最起码往来无白丁，现在要面对人心叵测、尔虞我诈，像一锅热油劈头盖脸地把她浇了个外酥里嫩。她微信上的照片，是比以前成熟了些许。上次见面还是在她父亲组织的一个活动上，一张干净的脸嵌着一双灵动的眼睛，她在会场跑前跑后的，很是利落。

　　我只好恭喜她终于留在北京吸雾霾了，剩下的一切只能交给时间，我也是用了好久才适应了现在的环境。她倒是先给自己灌了满满的心灵鸡汤，说自己必须要勇敢地往前走，去面对不可预知的未来。

　　每个人的一天都被各种冲突左右着，生活和生活的冲突，生活和性格的冲突，生活和理想的冲突，各种冲突里应外合，犹如孙悟空大闹天宫般把生活搅得风生水起。也许这就是关乎命运的实质。女孩说出来的最多的一个词儿是"迷茫"，我也不禁感慨，自己又何尝不是一路迷茫着走到了现在，总是不肯与精神上的自己握手言和。但往日的岁月想起来又是浮光掠影的，浮生若梦，好像一股脑儿全忘得差不多了，时间像一条浩浩荡荡的河，从日子的那一端冲刷下来，把一切嘈杂冲得七零八碎。一路就这样跌跌撞撞地冲将过来了，也未有多少痕迹，留下点小刮擦也被日子的瓦刀一铲铲抹平了。

　　我坚信每一个人生命中一定会出现一个拯救者，他或者曲径通幽，或者长驱直入地步入你的内心。他会让你变成一个温情主义者，也会让你发现生活有着阳光一般的光泽和温度，让你的心境就像煲在炉子上的汤，咕嘟咕嘟地冒着细细密密的喜悦，日子也渐渐长成你比较喜欢的样子，一直到你爱得爱不释手，即使你以前非常坚决地排斥过。

　　看着楼下的小路像所有的小路一样，带着时间的痕迹，铺满了落叶，雾霾也黏黏糊糊地把天地罩得一团混沌，但雾霾过后的第二天，阳光总是无遮无拦，没脸没皮地洒一地，让我觉得我已经化成了世界的一部分，像一棵树，或者像一掠飞鸟的影子。

孤　独

　　卧室就是一个港湾，床就是漂荡在港湾里的小船。窗帘一点点拉上，把黑夜也截成一段一段的。我躺在床上，拉过那床巨大的被子，就像被一片海水淹没。我才知道原来身体的疾患会给精神带来如此大的冲击，身体是革命的本钱，身体也是孤独的入口。一直都觉得自己的内心很强大，但那段时间，却如一张纸般薄脆。

　　孤独，从来没有过的孤独，像一团水草，紧紧地把我缠绕在里面。我不想向谁倾诉，纵然也没有人再问过我的感受，我宁愿它们挤在我薄薄的身体里，来回穿梭，低低地鸣叫。这样紧闭的房间，能让我感到些许依靠，最害怕门突然被打开，就像海浪扑来，搅碎一室的宁静。我喜欢上了静，不喜欢周围有声音，有时候我会对自己说很多话，在心里默默地说，也经常会对着窗台上的那盆绿色植物发呆，想它身上长出的纹理是不是也指向了某种命运，它能清楚地意识到自身吗？

我陷入了嗜睡的状态中，不分白天还是黑夜，也不分上午还是下午，而且无论睡多久都会做梦，在梦境中畅游对我来说是唯一一件无比愉快的事情。所做的梦总是快乐的，小溪潺潺，青草遍地，绿树冒出新芽，新芽在风中抖着，就像心脏在跳动，然后就是饕餮大餐，我总是面对着满满一桌的食物，然后在吃到实在吃不下时骤然醒来。

醒来后的我依然饥肠辘辘，起床找东西吃，然而塞进嘴里的食物都变得苦涩无比，我知道我的味觉出现了问题，能够维持生命的唯一路径堵塞了。我开始回想我吃过的所有东西，开始不停地翻看那些精美的美食图片，有一种望梅止渴的感觉。直到饿得五脏六腑全部拧到一起的时候，我才决定起身去厨房给自己做一碗面条，油盐酱醋一样不少，但却难以下咽，沮丧也如同滚雪球般越滚越大。

直到父母来到我身边，在我精神陷入低谷的时候，站在厨房里为我忙碌的依然是母亲。以至于现在，当我在长长的睡眠过后，如果没有听到母亲在房间里走动的声音，就会觉得恐慌，我变得无比依赖她。

这也许是我唯一可以依赖的，除此之外，我完全没有安全感，时常觉得自己像一棵离开森林的树，一片离开天空的云。当夜幕降临的时候，没有再幻想明天的渴望，而是庆幸这一天终于又熬过去了，又可以遁入梦境了。我走出繁复的层峦叠嶂的回忆，身体异常疲惫，思维却异常活跃，在无边无际的混沌和无声无息的孤独中，寻找着有一丝光亮的可能，但只看见流动的孤独像风那样离去又回来。

时间用它特有的刻薄方式，令人渐渐宽容，我终于明白不管怎么被生活对待，依然要向自己许诺，明日必有太阳。如今我又恢复了活力，好像过了一个漫长的休整期之后，身体的各个零件开始恢复了功能，内心的强大也一点点回归，只是孤独依然。这种孤独渐渐有了一种排他性，成为一种很小资的自我沦落，其实是把心关了起来，不想走出去，也不想让人进来。

幻　象

面对人生变幻莫测和世事无端变故，我常欷歔不已，总是想对某些记忆做一次华丽丽的告别，但这种虚假又虚化的仪式却最终把告别变得荒诞又可笑。很多东西都是瞬间的，瞬间产生，又瞬间消逝，像鱼的记忆。据说鱼的记忆力只有七秒钟，我真想像鱼一样。可是越是年代久远的事，却越忘不掉。白天就像一条奔腾跳跃的河流，喧闹着还好，夜晚就成了宁静可靠的岸，被稠密的雾霾包裹着的夜里，总是强迫自己和秩序融为一体，但却常常陷入分裂。那些记忆打乱秩序重新拼接组合，在似睡非睡的梦中演绎得活色生香。

世间呈现的景致总是热闹喧哗，来来往往的，只不过是途经了你的生命，短暂的驻足后，却不肯停留。美好的情愫都是在激情的烘烤下才会鲜香四溢，一旦冷却了，就瘫软得没了形状。也许曾经认为的美好记忆都是幻觉，自己只不过在穿针引线，为别人缝补了一下不甚完美的人生。我知道我的倔强和偏执，说得难听一点，也可以叫任性，终究会在将来的一段时间遭到报应，在这个岁尾，我清楚地明白了这一点，只是，纵然明白，却不想悔改。还有一个很重要的领悟，人活着的意义不是索取，而是付出。付出会令人快乐，真心快乐，尤其是你会为了一个人、一件事赴汤蹈火的时候，那才是生命的极致。人生总是需要一些极致的。虽然并不是每个经过你身旁的人都会为你的付出永生铭记，就像一朵云，飘过也就飘过了。这朵云飘过了，天空还会有另外一朵云飘过。

还有几天，姥姥就去世整五个年头了。我还记得两年前的忌日，三姨在坟前念悼文，说人的灵魂在世间驻足三年就会渐行渐远，如今五年过去了，不知道姥姥还会不会向这个世界张望，还会不会关注她的儿孙们过得好不好。

现在流行一种说法，说谁陪你跨年，谁就会陪伴你一辈子，1314—— 一生一世。人们总是会演绎出无数的谎言来为自己制造一种温柔的幻象，而谎言在炙热的时候，总是长着一副真理的模样，其实这包含了期盼的许愿只不过为了抵御孤独。孤独这种力量是很强大的，即使你进入了人生的形而上，比如人类的爱、生命终极的时候，这种孤独也无法摆脱。

抬头，月缺，看着那被年轮浇熄了的月光，还剩下丝丝缕缕贝壳般散淡的肌理。来年，也许我会像海底动物一般，吸附在这座城市的腹部，不再游荡。

光影人生

　　生命的某个瞬间，总有留影，就像一只鸟，不经意间掠过水面，倒映出飞翔的姿势。

　　与什么样的风景相遇，与什么样的人相遇，实在是一件很奇妙的事情。这种奇妙，忠实记录了生命中的某一个瞬间，那些原本陌生的风景或者似曾相识的人，在某一个时间、某一个地点，因为某种机缘，成了光影记录下的画卷，照亮了生命旅程。

　　《庄子》说："天地与我并生，万物与我为一。以我观物，我即自然，自然即我。"光影重叠，定格在风景里。那山川的巍峨，流水的妩媚，草原的辽阔，古镇的宁静……都在入境的时候也入了心。俯仰之间，用镜头指点江山，景物暗喻了当时的心境，或书生意气，或大浪淘沙，或胸有丘壑。

生命与生命擦肩而过，在镜头中却凝结为永恒。有的人在不经意间闯入了镜头，根本不知道自己的身影已经定格。那或英朗或稚嫩的脸，或欢欣或沉思的表情，是一种缘分、一种回望，沉淀在岁月深处。

一位好的摄影师就是一位才华横溢的诗人，他在用镜头表达着情思，他走出喧嚣，聆听自然，用镜头书写至真、至善、至美的诗行。在与自然对话的同时，聆听着自己的心音，也锤炼着自己的精神和人格。

一位好的摄影师就是一位妙手丹青的画家。夕晖、晚雾、草原、瀑布、雨丝……诸多色彩，诸多意象，诸多心思，诸多风情交织在一起，绘制了一幅幅美轮美奂的风物画卷。

一位好的摄影师就是一位声如天籁的歌者，他能用快门演奏出优美的韵律，带着阳光的喧腾和雨丝的落寞，为一幅幅杰作插上音乐的翔飞之翅。

人生在世，经常会有漂泊感、孤独感，只有不惧怕孤独和漂泊的人，才能领悟生命的真谛。身处喧闹之境，心灵却游离于现实之外，观照着生活，却又行走在想象里。行走，是勇者选择的生命方式，对自我，对家园，对理想进行着永不止步的探寻，这种探寻又折射出精神的高贵。

照片流露出对别处生活的张望，照片记录着一件浮沉的往事、一程坎坷的旅行、一段静好的岁月，凝聚了色彩与想象、希冀与探寻、思索与追问。当面对那些照片时，看到风景明媚，人情温暖，直抵内心，会发现它们带来一种归属感，就像一根根线牵着敏感的神经，不会遗失美好，让眼睛喜欢，让心灵欢呼。它没有让时光像空白之书一样一页页翻过，留下的，全是明亮、热忱、朴素的爱。

　　这一切都因为在路上。在路上，最终会遇到那个更好的自己；在路上，才有最美的风景。

凉天佳月即中秋

　　所有的节日中，我甚爱中秋节，因为它是个很浪漫的节日，比七夕节、西方的情人节都浪漫，能引发很多思绪。今年的中秋节，有雾霾，月亮时隐时现，一会儿苍黄，一会儿清白。中秋不一定非要朗月当空，这样朦胧着也是一种意境，我没有去最适合赏月的大明湖畔或者千佛山顶，而是去了人声鼎沸的泉城路，那熙熙攘攘的繁华稍稍冲淡了心中的空落与寂寥，但还是过了一个顶没意思的中秋节。

　　"惟江上之清风，山间之明月，取之不尽，用之不竭。"明月可托，却无可托。脉脉清辉不得语，过往，已悄然无痕。没有人会和你分享这种浪漫，甚至没有人可以和你寄情明月。

　　我记得很小的时候，大概也就四五岁的样子，父亲会骑自行车带我去铁塔附近的荷花池边赏月。土黄色的小路很窄，深红色的月亮很大，父亲带着我走，月亮也跟着我走。当我发现月亮也会走时，就开心地惊叫着，一直看它伴我走到家。少年时，下了晚自习，回到家中已经十点多，一家人总是要在小院中支个桌子，摆上葡萄和月饼，在清朗的月光下，吃着月饼，聊着无关紧要的话题。再后来，我长大了，离开了家，陪我过中秋的人不再是父母，而是同学或朋友了。虽然当年一起过节的人有的已经散落在天涯，但有几个中秋节，总是印象深刻的。

赏月是一种仪式，一种心灵的寄托，现在甚至连可以陪我赏月的人也寻不见了。实际上，不是没有人与我共赏月，而是没有人再去关注我的内心。我最近常常觉得如果孤单成了一种习惯，渐渐地也就适应了，而且成了一种夹杂着淡淡苦味的享受。没有人陪我在下着雨的夜，坐在车里听歌，也没有人再叫过我名字以外的名字。我只是觉得自己越来越僵硬，像是有一根钢棍横亘在身体里，人不应该变得越来越僵硬，而是应该越来越柔软。生活的实质感越来越向我逼近，它那么平实、平淡、平庸，像安静的湖面，连一丝涟漪都不曾泛起。

关上灯，寻找那一抹月光，发现它又隐在云影中了。这个时候适合发呆、回忆或者妄想。我切了一小块月饼，没有茶，没有酒，甚至连那淡淡的思绪也被挤对了。"此生此夜不长好，明月明年何时看。"今年的中秋节过了，明年的月光又能照到哪里呢？

不如这样想，凉天佳月即中秋，权且做个理想的乐观主义者吧。

论酒友

一日与友人小聚，初意是想请朋友品一下山东酒，但最终以一人醉倒而结束，知道喝醉酒的滋味不好受，看着人家走路如软脚虾，心里未免过意不去，回来后引发我无限感慨。

酒是厅堂言欢，酒是慷慨而歌，酒的优劣不必多说，喝酒的环境与同饮之人也很重要，"把酒东篱下，悠然见南山"自是最佳，然身居闹市之肆而不是在郊野之外，翠微之内，到处车水马龙，一派繁华喧嚣，自无南山可见。既然环境无处选择，跟谁喝酒就显得很重要了。

余光中在《朋友四型》中提到过交友分四种：高雅而有趣，高雅而无趣，低俗而有趣，低俗而无趣。酒场大抵也分这四种，高雅而有趣的酒场当然少之又少了，可遇不可求，当然一个人也可以喝一场高雅而有趣的酒，比如李白"举杯邀明月"，李清照"沉醉不知归路"，辛弃疾"醉里挑灯看剑"，柳永醉卧在烟花柳巷中其实也可算是高雅了，或者有趣，最起码与一种沾边。低俗而有趣的差不多就是插科打诨，借酒发疯，礼仪礼节全部抛之脑后。酒成了最好的掩护，说什么、做什么都不过分，抛弃了传统束缚，回归真实的生命状态。形骸礼法，一切都可以抛开。还有一种即可称之低俗而有趣，亦可划为低俗而无趣之列，那就是溜须拍马，此类多见于官场，有求于人必要以酒相待，酒是武器，直指人软肋，推杯换盏、觥筹交错之间，权位、面子经过酒精的浸泡都软了、散了，酒桌上开始称兄道弟，不分主次，千里之遥的心一下子贴近了，贴得严丝合缝。酒场不亚于战场，相当于一次小型战役，期间暗箭频发，胜负早已明晓了。酒醒之后，利益成交，但你还是你，我还是我，心如陌路。

前几天同学相约，我与艾克拜尔共进晚餐。这位哈萨克大叔喝酒的豪爽程度让我瞠目结舌，高度白酒整杯倒入口中如同白开水，最难能可贵的是他根本不计较谁比谁多喝一点或少喝一点，喝酒吃肉，自得其乐，那场酒喝了三个多小时，哈萨克大叔反复重复一句话："我可爱不可爱？"边饮酒边手舞足蹈，我竟然丝毫不觉得乏味和不耐烦，如果不是室内雕梁画栋，一恍惚还真以为在千里草原上开怀畅饮。我能感受到哈萨克大叔那种酣畅淋漓的自由状态，是源自一种对生命本身的信任和爱。

《汉书·食货志》里说，酒是"天之美禄"，禄者，福也，一杯倒的人自然就没有这种福分了，但纵然是有福之人，也还要有好的酒友，如没有，还不如举杯邀明月。

率性的"徐老大"

2013 年 3 月 15 日我到军艺上短训班时，文学系主任徐贵祥同志刚刚走马上任两个星期，从空军政治部创作室副主任到军艺文学系主任，军装的颜色又从蓝色变成绿色。

新官上任，里里外外忙得团团转，不过只要有空闲，他就跟我们一起上课。过了一段时间，班里不知道谁给他起名"徐老大"，这个冠名让他喜欢得不得了，他骨子里是个非常愿意当老大的人。在一起相处的日子多了，我发现徐老大是一个革命乐观主义和革命英雄主义的集合体。他没少跟我们一起喝酒，他好酒，也是能把酒场喝出战场意境的人。酒杯一端，就好比神枪在手，叱咤疆场，所向披靡。

上学期间，他赠了我几本他的大作，我也没顾得上看。直到国庆节导师安排我写一个关于他的评论，我才把他的作品通读了一遍，忽然发现看上去大大咧咧的徐老大还是个挺有思想的人。

徐老大曾说他小时候有两个愿望，一个是当作家，一个是当军阀。他曾经跟某黄梅戏演员说觉得当军阀好，可以随时叫人来唱黄梅戏，说得人家很不高兴。当军阀的梦想是不可能实现的了，好在他圆了作家梦，用他的生花妙笔塑造出一大批英雄。英雄是人类的图腾，渴望成为英雄是人类的天性。我们这个时代是需要英雄的时代，是需要英雄主义的时代。徐老大的小说中所承载的爱国主义、理想主义和英雄主义精神，也是这个时代所需要的正能量。对英雄的塑造昭示着他所追求的一种人格理想，他说写战争就是为了寻找英雄，所以在战争文学里面，他塑造的都是那种具有强烈的民族责任心和爱国情怀，有担当、有作为、有政治谋略的人物。

在徐老大的作品中，英雄最初走向战场都是因为女性。《历史的天空》中的东方闻音，《高地》中的杨桃，《马上天下》中的袁春梅，都是使男人走上革命道路的催化剂，但一旦这些男人走上了革命道路的正轨，女人们便隐匿了，女性与男英雄之间就是依附关系。他觉得战争是男人的事情，其实在战争中，女人是不可或缺的，她们都以特有的方式完成对英雄的救赎与献祭。因为爱情改造女人，女人改造男人，男人改造世界。

徐老大对民间文化有一种天然的情感认同，他喜欢那种自由自在的状态。对民间生活场景的描写和粗俗文化性格的提炼，都表现出他对民间的深深挚爱。塑造的英雄都有着他熟悉的那片土地所赋予的还未被教化的丰饶野性和侠肝义胆。在"民间"，战争的正义、党派的利益、阶级的划分全都隐去了，追求、信仰、道义全都模糊了。这里的核心是民间的核心，是自然世界的法则，生命的强力是唯一的领舞者，人们唯一的愿望就是杀鬼子，生命在鲜血的灌注与祭奠下得到了升华，然后他们赢得荣誉，成了英雄——从"民间"的大地上站起来的英雄。

在他的创作中，战争艺术是其要构建的主体工程。徐老大在解放军出版社工作期间，接触了大量的战史和军史，并且为之痴迷。他经常反复研究那些战例，想象着那些活着或者已经死去的人在战争中的状态，所以才会在一部部作品里把战役打得精彩又激烈。那些英雄就是他理想的化身，他把灵魂植入他们的躯体，指挥他们在硝烟中左突右进，所向披靡。到了写作的后期，他对战争的探寻、思索和研究已经进入了独辟蹊径的境界，一直努力向战争的深层挺近，向理想中的英雄靠近。他喜欢讲战术，的确，写战争小说，不能不写指挥者；战争文学，又不能不追求战争境界。他在努力争取从战争的艺术向艺术的战争过渡，渐渐悟出战争的最高境界就是"不战而屈人之兵""上战不战，止戈为武"。于是，他借作品中的人物之口表达了他的思想：三流的指挥员被敌人消灭；二流的指挥员消灭敌人；一流的指挥员既不是消灭敌人，更不是被敌人消灭，而是让他投降滚蛋。

在腥风血雨中，徐老大笔下也穿插着牧歌式的田园风味，大别山、淮河水是作品中挥之不去的地理文化背景，秀丽的小山，潺潺的流水，勇猛剽悍的男人，水灵温润的女子……他在描写乡间的淳朴自在时，心中一定充满了和谐的美感，但他还是还原了真实的乡村，并没有对其进行类型化的描述，而是掺入了多层次的审视。

每一个民族都有它特定的文化传统和审美心理。徐老大的小说创作巧妙地运用了许多传统的叙事模式，按照民族审美情趣和民族审美心理定式，把传统叙事模式巧妙地加以运用，比如《历史的天空》中梁大牙经历洗礼，逐渐成长起来，"文革"中虽然蒙冤，但后来官当得更大，思想境界更高。《八月桂花遍地开》中的沈轩辕团结一切可以团结的力量，运筹帷幄，最终取得了战争的完全胜利。《马上天下》中的陈秋石和陈三川最终父子相认，陈三川和梁楚韵也终成眷属。无论过程怎样百转千回、跌宕起伏，但最后都是大团圆的结局。本来，生活中的徐老大也是个乐观派。

今年夏天，他去山东，专门去了曲阜，很虔诚地拜了孔子。他说从今以后，他要认真做个教书匠了，说这话的时候，挂在树枝上的夕阳正好照在他脸上，他的表情很严肃，很认真。

木　心

　　前些天参加了山东省首届作家研究生班的开学典礼，省作协主席张炜上了第一课。他讲到文学与主流、大众的距离问题，我觉得很有感触，于是记录下来。

　　张炜说，一个人需要有自己的闲暇，有了闲暇才会有时间独立思考，才不会人云亦云，从而形成自己独特的语言体系。此处他提到木心先生，说木心孑然一身，是有大量的闲暇时间来思考和写作的，虽然他最后留下的文字并不多，但却是经典的。

　　20世纪80年代，木心先生旅居纽约，散文、小说常见于主流中文报端的文学副刊，再后来，木心被称为"文学的鲁滨逊"，媒体称："木心在文坛一出现，即以迥然绝尘、拒斥流俗的风格，引起广大读者强烈注目，人人争问：'木心是谁？'为这一阵袭来的文学狂飙感到好奇。"

　　木心的一生都在漂泊，内心是非常孤独的，他甚至连家乡也永久地失去了。1994年，木心悄悄回到故乡乌镇，祖屋不复当年模样，失望伤感的木心写下《乌镇》一文："在习惯的概念中，'故乡'，就是'最熟识的地方'，而目前我只知地名，对的，方言，没变，此外，一无是处……永别了，我不会再来。"

　　木心写了一部《文学回忆录》，讲的是世界文学的脉络和走向，但又和所有的文学史大不相同，他的语言是个性化的，看待历史都保留着独特的视角。无论是对文学的研读，还是个人的写作，都与时代刻意保持着距离。即使在"文革"期间被捕入狱，囚禁18个月，所有的作品都被烧掉了，三根手指也惨遭折断，但他还是在狱中写出了洋洋65万言的《狱中笔记》，并手绘钢琴的黑白琴键无声地弹奏莫扎特与巴赫的曲子，他在用艺术来完成对自己灵魂的救赎。

　　张炜说，木心对于艺术的追求，让人敬畏，他就那样自由地穿梭于其中，这才是真正的艺术家。

生活只是刚刚开始

中秋夜，月亮在天空中若隐若现，朦朦胧胧，照在滨河上，一恍惚，我觉得像是家乡护城河上的月亮，又像是远方的我未曾到过的一条河上的月亮，它被丝丝云雾笼罩着，层层叠叠，像一张布满皱纹的脸。现在的我，亦被琐事缠心。

这个夏天，在我最喜欢的季节里，遇到了一个大麻烦——一年前父母买的房子被房主一房两卖。去年，父母想在济南买套房子，母亲说这样我们一家人就能经常在一起了。我很高兴，虽然济南离老家不远，但总觉不是自己的家，父母来了，就有了归属感。当时楼房在建设中，房主急匆匆和我们签订了购房协议，当时协议上写的先付首付款，而后再办理银行贷款，但付完首付款后，他又几次找我要钱，而且都很急，让我几个小时之内把钱打到他的银行卡里，我每次都不假思索地照办了。直到 2013 年春节的时候，他再次让我打钱给他，他竟然说："你先给我两万，我明天还给你。"我才起了疑心，但对方的省直机关公务员身份很快让我打消了疑虑。后来我被派到北京学习近半年，他也没有再找我。

得知今年 8 月 1 日正式领钥匙，我打电话给房主，让他陪同一起去领钥匙，他还一本正经地说让母亲带着身份证、户口本来。父母来到济南后，他一拖再拖，直到后来实在瞒不住了，他才赶过来说因为上半年急用钱，他用这套房子做了高利贷抵押。我们和他一起去了小区的售楼处，才发现户主都已经更了名。在小区门口，他说："我跟你们回家吧，好好给你们解释一下。"

又回到我家，善良的父亲母亲看他大汗淋漓，还在家中给他切了个西瓜，他信誓旦旦地保证，给他一个星期的时间，他一定把房子要回来，如果要不回来，他赔偿我们房款加违约金。父亲母亲还嘱咐他，不要太着急，不要急坏了身体，他啃完大半个西瓜，主动要求写了保证书后跟我说，这件事情能先保密吗？我说没问题，我一定保密。说这话时我感觉，好像我是他同伙一样。从那天开始，事情就发生了质的变化。

我果然傻傻地等了一个星期，一个星期后，我才知道那套房子早在很久前就网签了，不可能再要回来了，而他承诺偿还的房款也杳无踪影。我打电话给他，得到的答复总是"你再等等，今天，我保证你能收到钱。放心吧"。

然而每天我的银行账户都是空空如也，从此，我变成了一个勤奋的讨债人，每天醒来的第一件事不是拿起床头的书，而是拿起电话追债。

单一的答复开始变得五花八门："你今天 12 点之前一定能收到钱。""今天太晚了，你睡觉吧，等你明天睡醒了，钱就到你账户了。""我今天先给你 10 万行不行？放心吧，如果 10 万我都拿不出来，那不成笑话了吗？""我已经在老家筹到 35 万，但是这个县城只有取款机，没有存款机，我回去就汇给你，再等几个小时。"

然而我的账户上依然分文未进。就这样，我还是等了一个多月的"今天"，无数次抱有希望，又无数次破灭，后来竟然发展到他自己做了网上电子银行转账的假网页，自己给自己的账户汇了 10 块钱，然后把 10 块钱改成 60 万，发给我。我彻底被激怒了，这已经不是钱的问题，我的人格尊严受到了极大的侮辱。在我终于明白这件事情继续拖下去永远没有尽头时，我咨询了律师。律师告诉我，他已经构成了诈骗罪，如果报案，他面临的将是牢狱之灾……

我打电话给他的妻子——一个据说非常干练、非常要强的女人，他妻子的声音从电话那端传来，吐出来的每个字都像砸在钢板上的钉子，火花四溅，她推得一干二净："对不起，我管不了，也没有能力管。我连他有这套房子都不知道，更不知道他卖房子的经过。告诉你吧，我已经向他提出离婚了。"

挂了电话，只好去找他的父母，当诈骗的事实摆在两位老人面前时，他们老泪纵横，苦苦哀求给他儿子一条生路，并答应偿还房款。我心中五味杂陈，现在流行这样一句话，"以前是养儿防老，现在是养老防儿"。还好，年逾古稀的老人没有放弃自己的儿子，他母亲说："儿子犯下的错误，我来承担，也只有我来承担，因为我是他的母亲。"

这就是我的买房记，一套房子折射出人生百相。朋友们埋怨我怎么能如此轻信于人，也有人戏谑说我长了一张很容易被骗的脸，不管怎样，事情已经发生了，该面对的还是要面对。过往就是一场懂得的过程，有的人在你生命中出现，就是为了要给你上一课，然后转身离开。如今事情依然还没有最后的结果，但却让我领悟到很多。原来人生不是我想象的非黑即白，非此即彼，还有很多不可言说的人生况味，就像层林叠染的风景，有着不同的色彩，世事百相彼此纠缠在一起，越发浑浊，看不清楚。

如今已是秋天，思绪与落叶共徘徊，叹秋日之缭乱，以前怎会料到今年的夏天会经历如此奇遇。一方面不禁感叹世间人情的凉薄，另一方面也欣慰还有真情在，非常庆幸我有这么多朋友相助，甚至一句关切的问候都让我觉得温暖。世间百味，有圆满，有残缺，有精彩，有黯淡，有凉薄，有温暖，总要经历一些悲欢，存留一份感悟，才能证明时光碾过了岁月。不是你单纯地想保持一颗梨花似雪的心就可以抵御涂染的，生活只是刚刚开始，前面还有许多红尘驿站要去踏访，还有许多人生风景要去阅历。我还是宁愿相信温暖的力量。山一程，水一程，平静也好，跌宕也罢，只要走过人生，到最后都是一种圆满，但这个圆满需要自己去沉淀，因为沉淀过后，才明白生活如一锅汤，久煮方能生香。

人生就是一场百转千回，无论流年怎样缱绻了年华，守好心底那份独立和坚强便好。

　　秋风把树吹瘦了，我抬起头，看到一只鸟栖息在枝头，啄食着那份凉，云走来，便把月亮密密地缝在里面了。

时间都去哪儿了

——写给父亲

今年过年在家，有一晚我突然觉得身体不舒服，父亲给我量完血压，嘟囔着："你妈就没遗传给你点好东西，先天性低血压。没事，躺着吧。"然后他拿份报纸，搬了把椅子守在床边。一下子觉得时光停止了，从小到大，只要我生病，这是必然会出现的一幕。无论再急的事，父亲总是会全然不顾，寸步不离。那翻报纸的声音，像一把竖琴，悠然奏起往事的旋律……

记得小时候，如果有人说"这闺女长得像她爸"，我会立刻把脸拉得比驴脸都长，有时还会不客气地号啕大哭，直到母亲哄我"哪像了？一点都不像，像妈妈"，我才破涕为笑。我一直认为母亲貌美如花，说我像父亲就是在含蓄地说我长得丑。

后来我长大了，渐渐发现我和父亲确实极其相像，五官、体形、手脚，我甚至和父亲比对过指甲的形状，都一模一样，于是我开始夸父亲长得帅，现在我已经主动承认像父亲了。

十六岁，我第一次出远门上学，那时打电话都是用 IC 卡，在公共电话机前排很长很长的队，父亲怕联系不到我，给我买了一款摩托罗拉 BP 机，那时 BP 机还是很稀少的，只有大款们才有，我也很阔气地在腰里别着一个 BP 机，一天会响起很多次"天冷了，注意加衣"，"一定按时吃饭"。

放寒假回家的路上，父亲早就查好了我要坐的火车车次，每到一站我就会收到一条信息："已经到驻马店了"，"已经到郑州了"，"已经到商丘了"。一起回家的同学打趣道："怎么和你一比，我们都像是从路边捡来的？"

父亲疼爱我至极，但对我也很挑剔。记得读中学时，有一次吃饭，父亲拿根筷子在我脸上量来量去，我问："干吗？"他说："我看你五官端不端正。"他热爱文学，通古晓今，也很爱学习，这么多年几乎一直坚持夜读，每每都到凌晨一点才睡，他总很不屑地说我知识面很窄，我想辩解，又觉得无所谓。但我喜欢和他神侃，只要是回家没事，一顿饭总要吃上一两个小时，饭桌上天南海北，无所不谈。

父亲是个慢性子，吃饭慢，走路慢，做什么都慢。有时说话也无所顾忌，我们经常会发生点摩擦。过年在家，有一晚陪父亲散步，他走走停停，半天走不了几步，我着实着急，又不好催他，就边走边聊："爸，妈总说我年龄大了，其实我觉得自己还很青春呢。"

"就是年龄大了，人一过 25 岁，皮肤就开始老化了，这是事实。"

我心想，这人怎么这么不会说话呢？！于是愤愤然把他丢在了后面，但走着走着又笑起来，和父亲在一起，心情总是愉悦的。

总以为自己的世界在无限拓展，总以为会找到一个比父亲对我还好的男人，至少会一样好，世界那么大，还能找不到吗？现在看来真的不可能。他带我来到这个世界，呵护我长大，哪一个男人会爱我胜过自己的生命？父亲总说女孩子就是一朵花，要精心呵护。他就这样把我捧在手心里，一直捧着。

今年很流行一首歌——《时间都去哪儿了》，我每次听到心情都会跌宕起伏，这首歌真好。"时间都去哪儿了，还没好好感受年轻就老了，生儿养女一辈子，满脑子都是孩子哭了笑了。时间都去哪儿了，还没好好看看你眼睛就花了，柴米油盐半辈子，转眼就只剩下满脸的皱纹了。"随着年龄增长，父母的世界会变得越来越小，到最后他们的世界里只剩下孩子。我总觉得父母和孩子之间也是一场缘分，虽然天底下的父母都爱孩子，但孩子对父母的感情却是有深有浅。

父亲虽年过花甲，却长得极其年轻，在我的意识里，他从来都没有变老过，一直停留在四五十岁的年纪。也许在他眼里，我也一直没有长大，还是那个一直都需要被照顾的小孩，岁月一直都驻足在那里。时间一直都停着，以不固定的形状静止着。

正月十四晚，腰椎受伤的母亲突然休克，当时只有我一人在家，手足无措的我只能大声叫着她，母亲在数秒钟后醒来。那一夜，我几乎未眠，后来的很长一段时间，回想起母亲倒下去的那一幕，我还会觉得胆战心惊。一直标榜无惧孤独、无惧伤害的我，那一刻才知道这个世界上有我怕极了的事情，非常怕，非常怕，非常怕。

偶然看到仓央嘉措的一首诗："……世间事 / 除了生死 / 哪一件不是闲事……"我突然觉得什么事情都不重要了，爱、恨、悲伤。

世间事，除了父母安康，其余大可不必计较。

谈遗忘与自嘲

在第二届中澳作家论坛上，我见到了刘震云，他以及他的演讲给我留下很深刻的印象。我喜欢刘震云，首先，是因为他的清瘦。我一向喜欢清瘦的人，总觉得清瘦才能彰显出文人的风骨。刘震云人虽清瘦，其小说却很丰满。其次，因为他的机智和风趣。幽默的语言充满了智慧，这一点很出乎我的意料。

现场有记者问他："写小说《一九四二》时，翻开那段历史，有没有特别让你不忍去面对的东西？"

刘震云说了这么一句话："面对苦难，首先是遗忘，如果遗忘不了，那就自嘲。"这句话让我思索良久，在我看来，小说《一九四二》写得并不好，像史料堆积，电影在某种意义上超越了小说。

《一九四二》确实是在用自嘲的口吻讲述一段民族的苦

难：一九四二年，一场旱灾之后，河南发生了食物短缺的问题，与此同时，世界上还在同步发生着很多事情，比如斯大林格勒战役、甘地绝食、宋美龄访美和丘吉尔感冒。这其中的任何一件事都比三百万人的性命重要。影片从国家意识形态、人道主义、个体生命体验等不同的视角诠释这场灾难：国民政府像甩包袱一样把灾民甩了出去，美其名曰在抗日期间要"顾全大局"；国际记者和宗教人士，从人道主义出发，试图用自己的方式解救灾民，可这种力量微乎其微；而那些灾难的亲历者——饱受饥饿煎熬的灾民，带着全部家当逃难，最后，连性命和尊严都保不住。

影片最后，老东家碰到一个同样失去亲人的小姑娘，对她说："妮儿，叫我一声爷，咱爷俩就算认识了。"小姑娘仰起脸，喊了一声"爷"。老东家拉起小姑娘的手，往山坡下走去。画外音："十五年后，这个小姑娘成了我娘，当我让她讲讲这段历史时，她说，'提这干啥，我都忘啦。'"

遗忘似乎可以稀释历史的沉重，让它变得轻些，让心灵少受些重压，但遗忘就可以抹去一段历史的存在吗？无论怎么样稀释，它还是活生生地立在尘埃遮掩不了的历史深处。

记得有一个人，在看了《一九四二》后，一脸兴奋地跑来跟我说："太好玩了，我觉得最搞笑的就是瞎鹿在追驴时被一巴掌呼到锅里去了。"如此沉重的民族记忆，就这样被他轻而易举地调笑了。果然不久，就是这一个人，在钓鱼岛争端进入白热化阶段的时候，买了一辆日系车。我为这件事情义愤填膺地质问他，他反倒说："你懂什么！人家的技术先进，就要承认这种差距，势不两立不一定就是爱国的表现。"

一个善于遗忘的人，是没有立场的人；一个善于遗忘的民族，是没有血性的民族。在这种自嘲式的遗忘下，生命的尊严无从谈起。

文学——心学

在我少年时，很渴望离开家乡，总觉得人生更美的风景在远方。家乡有一片很大的湖——东昌湖，我经常下午逃课去湖边，一坐就是半天，沉静的湖面映照出悠长的岁月，思绪在夕阳下被拉得很长很长。那时的我总感觉自己像一只困在笼中的鸟儿，周而复始、波澜不惊的日子让我感到乏味和厌烦，总认为年轻的时候不可劲儿折腾一下，就枉费了青春。高中毕业后，我果真离开了家乡去外地求学，从那以后，家乡成了我魂牵梦绕却永远回不去的远方。

离家后，我的生命开始转变成一种寻找的状态，我不停地寻找，却不知道要找什么。我感到孤独，感到恐惧，总有个声音在我耳边叫嚣着，让我的灵魂不得安宁，人生开始变得动荡。我有一种强烈的不安全感，甚至不知道下一刻会发生什么，每当这时，就只能乞灵于文学，乞灵于书写。故乡不能成为我栖息的旧林，文学却成了我可以安放灵魂的池渊。渐渐地，我又迷恋上了酒。一杯酒，足可以煨暖黑夜，驱走寒冷。我始终固执地认为，人类最伟大的发明不是指南针，不是火药，不是印刷术，而是酒，它是人类智慧的结晶。至此，文学、故乡、酒，成了我生命中的挚爱，不可或缺，它们共同支撑起我绵薄的岁月，让我感受到温暖和博大，厚重和沧桑，清纯和超脱，赋予我独立意志、自由精神，让我被世俗放逐，与生命对话，在时代中参悟人生，并且在嘈杂的尘世中有了诗意栖息的可能。

当然，这三样东西都有着具体的所指：故乡有我的亲人，那浓郁的亲情无论何时何地都会细密地包裹着我，给我无可取代的温暖；文学就是崇高和信仰的化身，给我前行的力量；酒则给了我"拟把疏狂图一醉"的洒脱和不羁。我知道，无论世事如何变迁，它们都不会离开我，并且会变成无比坚硬的盾牌，替我抵御霜刀雪剑、暴雨狂风。在很大意义上，文学与故乡、酒是相通的，文学即故乡，给我归宿感，让我依恋；文学即酒，给我激情，让我沉醉。

再后来，我走出校园，携笔从戎。虽然那森严的军营与我自由散漫的性格有着很大的冲突，但我却心甘情愿地接受了这种束缚，因为无法泯灭对这身军装的热爱。

我曾经认为我是写不了小说的，在我的意识里，小说家都是有天分的。直到 2010 年夏天，我去了玉树。

当我踏上那片高原，看到那里的天、那里的云时，我感觉到了另外一个世界。阳光从清冽、蔚蓝的天空中直射下来，像是被一种圣洁和高贵过滤了，它洒在岩石上、草原上，游动跳跃，光芒四溅。那里的天很干净，山很干净，高原上所有的生命都很干净，棉花一样的白云在天空游荡，它们是高原上自由的精灵，我从心里感叹着这里的绝美风景，心中的郁结全都随风消散。

车带着我们到了济南军区野战方舱医院，驻地就设在废墟清理后的一片空地上，周围都是坍塌的房舍，不远处有一圈连绵起伏的小山。方舱医院的政委带着我们在附近转了一圈，边走边给我们介绍当地的风土人情。他指着远处的山顶说："那里是一处天葬台，这里的人相信死后灵魂是要升天的。"突然间，我的心里迸发出对探究生与死的强烈渴望，并由此产生了辽远的想象，我的脑海里甚至已经勾勒出人死后升天的景象。

第二天一早，我就跟着医疗小组去大山里面巡诊，过了文成公主庙就没有了公路，车在土路上颠簸，不久就坏了。我们只好步行，一路上烈日当空，尘土飞扬，还有藏獒的威胁恐吓，可谓历尽艰辛。走一会儿，我便回头望望来时的路，山岗在远处盘绕着，那么安详。看着被甩在身后的帐篷和山岗，便有一种欣喜和成就感。途经牧民帐篷，他们还很热情地把我邀至帐篷中，在高原上，他们把解放军称为"金珠玛米"，只要看到穿军装的人，就非常热情，拿出糌粑和风干了的牦牛干让我吃。

一路不知不觉竟走到了尼姑庵，听说那里住着一个南京林业大学毕业的尼姑，她很有思想。据她说，佛不是神，而是一个人的精神所达到的最高境界，我当时并没有见到她，她去禅古寺了。回来的路上我不时会看到摇着转经筒，口中念着六字真经的人，虽然经堂和护法殿都在地震中倒塌了，但人们的信仰却愈加虔诚。如果说这个世界喧嚣浮躁，滤去纷华，我还是渴望纯净，所以在高原上，当我沐浴着阳光时，心底产生了一种强烈的共鸣，这是我一直在找寻的纯净，在这里我和它们相遇了。从那一刻起，我感受到一种疼痛，起初是隐隐的疼痛，后来变成尖锐的刺痛，这种刺痛让我有一种想呼喊的愿望，于是我写了中篇小说《青海魂》，以一个亡灵的身份讲述了高原上的爱情、苦难，表达了对生死、轮回、永恒的哲理性思考，以及人们在信仰中对苦难的超脱和对自我灵魂的救赎。

至今我仍然记得大学语文老师在课堂上讲过的一句话："一张书桌，足以能填满人生。"我也在一如既往地写着，我的写作顺应我的性情，都是关乎心灵的东西。生命像莲花一样层层绽放，在人生的莲台上，写作让我越来越贴近自身——文学，即心学。

我喜欢有故事的人

我喜欢有故事的人，往往那些偏远贫瘠的地域会长出丰饶的故事。

田野养育着五谷，也滋生着苦难，漫无边际的苦难咸涩地浸润着村落、沟壑、小路，它们没有诗性。真正的田野是没有诗性的，就连"田野"这个词也被诗意化了，真正的名字应该叫作"土地"。所谓诗意，只不过是远离了乡村，摆脱了农民身份的人在回望故土时所赋予它的一点温暖色调罢了。他们其实并不曾真正读懂过那片土地，土地在他们心里是睡着的。真正能读懂的，恰是朝夕与之相伴，从土里来又到土里去的人。在他们心里，土地是温煦而又残忍的，温煦是因为它养育了生命；残忍是因为它必须经过汗水的滋养才会变得肥沃，没有劳作就没有收成，土地所给予的回报是索取在先的。

我很喜欢听有故事的人讲故事，他们的童年像是一场奇幻的旅行。一家兄弟姐妹七八个，早晨起床都要先去打猪草，回来后发现灶屋里的一锅洋芋、地瓜已经被抢完了，只好抹抹眼泪，饿着肚子去上学；放学后不愿意回家卜地干活，在田间林地里疯跑，偶然在灌木丛中捉到一只獾，回家炖了，无休止的饥饿戛然而止；最热衷的事就是在夕阳铺满河面的时候，沉入水底摸鱼，既好玩又得利，摸到了，晚饭的桌上就有了荤腥；房梁上吊着的篮子里，那一罐猪油就是滋生快乐的宝盒，每当看到母亲在做饭时挖一勺猪油放进去，就比考试得了满分还高兴。以后的岁月里，他们在摆满山珍海味的餐桌旁经常陷入对猪油的思念，在描述猪油无与伦比的味道时，年少时的褐色回忆也被涂抹得油光闪亮。

　　土地滋生着苦难，也有着独特的韵味。

　　终究有一天，渐渐长大的孩子忍受不了这种贫瘠和单调，开始了对土地的背离。离开后，传统与古朴都不复存在，那些故事就在城市上空迎着一片薄云，化了，散了，消失了，于是他们就变成了没有故事的人。

　　没有故事的人，精神世界就变得贫瘠且荒凉，他们的故事都被城市切割了，断剑碎匕落了一地，一如被收割过的土地上参差的麦茬。

夏 雨

周日去了金牛动物园，老天下了雨，我的心里也飘了一场雨，只因为看到一个猴妈妈抱着猴宝宝的情景。

一共去金牛动物园两次，每次都赶上下雨，第一次是我十岁半的时候，我考上了我们市的重点中学，母亲为了奖励我，带我去了济南和泰安。那一次去金牛公园，正遇上下雷阵雨。母亲带我在快餐店吃了午饭，雨就停了。这一次也是雷阵雨，我被困在了熊猫馆，正好是十二点，熊猫馆一共有两只熊猫，熊猫先生和熊猫小姐在空调房里呼呼大睡，全然不顾玻璃墙卧室外面熙熙攘攘的人群。

等了将近一个小时，雨才停了，我们继续往前走。走到猴山，里面有几十只猴子，我的视线一下子定格在一只猴妈妈身上，它在剥一根香蕉吃，一只手不时地抚摸怀里猴宝宝的脑袋。小猴子深深地埋在母亲的怀里，紧紧地环抱着妈妈，妈妈的怀抱就是它的整个世界。我站在栏杆外面，突然就泪盈满眶了，仅仅是因为刚才看到的那一幕。

母亲催我往前走，我恋恋不舍地离开猴山，前面的鹦鸣馆不过是各种叽叽喳喳的鸟类，我无心再欣赏它们的喧闹，脑子里满满的都是猴妈妈和猴宝宝偎依在一起的情景。

回到家百度了一下，上面写道："刚出生的猴子总会缠着猴妈妈的手或脚，而缠着猴妈妈对于幼猴是重要的，因为猴妈妈会用它们的手脚在树上攀爬，因此要缠得好才不至于在攀爬时跌下。猴子有较长的童年，有时长达三年。当它们年幼时，总会跟着它们的母亲。"

猴子和人类有许多共同之处，人一出生的前三年也是和母亲形影不离的。这是所有生物一种共同的情感，母亲在，心就有栖息的家园。生命不过就是从母亲身体里剥离出来的，母爱就是从疼痛开始的，连着心。所以当一个人长大了，就会走远，但是无论走到哪里，都走不出母亲的心，母爱就是一条长长的路。我还记得母亲说过，她去照顾姥姥的时候，九十多岁的姥姥一看到她就会说："你去哪了呀？怎么这么久都不来看我？桌子上有水果，快点吃。"其实距上一次母亲去看她，不过隔了两三天而已，在姥姥眼里，母亲一直是一个很小很小的孩子。

雨一会儿就停了，夏雨总是一会儿就停的。

养生在于养心

母亲最近很热衷看北京卫视的《养生堂》，每天下午五点半雷打不动地坐在电视机旁，光笔记就做了一大本。在她的带动下，我也经常看这档节目，基本上是中医养生，能介绍一些养生知识，预防突发疾病，确实也还算不错。但后来我却发现母亲会自觉不自觉地把一些征兆强行往自己身上套，比如脑栓塞预兆、中风的特征。虽然未病先防、未老先养是很好的，但到了她这有些变形了，我不禁担忧起来。

事实上，我陪她一起去买菜，她走得比我还快（我走路本来就已经够快了，绝不是弱柳扶风型），上五楼腰不酸，腿不痛，气不喘。她总是杞人忧天，我很担心这样下去会给自己一个心理暗示——一定会患某种疾病。

母亲不但自己成了"养生达人"，还源源不断地把她的理念传输给我，终日告诫我要清静而为，要放松心情，学会享受生活，还把齐鲁晚报连载的《别让癌症盯上你》让我看，诚然我懂得这是母亲关心我、爱我的表现，但我确实生活得已经够健康了，几乎不吃垃圾食品，爱党爱国，乐观向上，有着强大的心理修复能力和抗打击能力，阿Q精神时刻闪烁着光芒。

其实我觉得真正的养生在于养心，"大医治国，中医治人，下医治病"。大医即大儒，与国学相通。国学大师们几乎都很长寿，季羡林、冯友兰、钱穆、梁漱溟、南怀瑾，人人都是九十岁以上。孔子早在几千年前就说过："仁者寿。"中国文化自有生命道理。

母亲的思想偏保守些，性情又有些执拗，在她的理念中，人人都是孔圣人才好，不能有一点瑕疵。只要是在家，很少见母亲看些电视连续剧，她倒是天天轮轴转地看新闻，对当下很多社会现象都吹毛求疵。比如李天一案近日开庭，她时时在家痛斥李天一的父母教子无方，仿佛李天一是她的大侄子一般；又如安倍晋三，只要电视上一见，必痛斥之，总是希望中日一战，好给他些厉害尝尝。总之，焦点新闻，天下大事没有她不操心的。

古人云："神太用则劳，其藏在心，静以养之。"所谓静养，就是静神不思，神不过用，这样才能身心清静；反之，神气过劳，躁动不安往往会伤心伤身。气定神闲才能心安理得，母亲学着中医养生的方法，走的却是西方绝对主义的路子，确实有些剑走偏锋了。

诗人流沙河老年时病入膏肓，心灰意冷之际开始研读《庄子》，后来竟然奇迹般康复，他悟出乐观、飘逸、豁达才是处世之道。如《黄帝内经》云："恬淡虚无，真气从之，精神内守，病安从来"，故养生重在养心，精髓还是在于仁和、调和。

忆玉树

　　出了这么多趟差，去过不少地方，让我至今心潮澎湃的，难以忘怀的还是玉树。在到过玉树三年后的某一天，整理旧相册，我发现最美的照片是在玉树拍的，阳光下我的表情如此自然，笑容是发自内心的，让我觉得生命在飞扬。

　　去过那里的人都对它念念不忘，有同事说自从抗震救灾后，他每年都会去一次玉树，拍摄那里的重建情况。温青在玉树写的诗集《天堂云》出版了，前些天在北京重逢，谈起玉树，他的眼眸也瞬间亮了起来。是的，那里太美，美的不只是雄浑、辽阔和苍茫……

　　2010年的7月末，我们接到任务，一行五人去玉树。去之前我都没有想象过玉树应该是什么样子，当时忙于各种琐事，没有时间细想。临行前发了很多药品，红景天、速效救心丸、复合维生素之类，看到这些药，我才觉得这次是不一样的远行，但我一样都没带，感觉用不上，只要出门，我的行李向来从简。

在济南机场候机时，大家都说前一晚没有睡好，激动、紧张和兴奋等诸多情绪掺杂在一起，搅扰了睡眠。我也一晚都没有睡踏实，第一次出差去这么远的地方，整夜的睡眠断断续续的。我每一次远行都会觉得有些紧张，要面对前方的未知，没有安全感，这种感觉其实在上大学时就有了，好在这次是团队出行，而且是杨带队，不同于其他刻板的机关干事，杨是个兼具理想主义和浪漫主义情结的人，很多次提到自己的梦想是要当独行客，仗剑走天涯。我预感这将是一次很有趣的出差。果不其然，早晨八点多，我们先是乘坐了山东航空公司的航班，从济南飞西安。飞机起飞后，每个人发了一个牛肉饼，杨申请再要一个，乘务员说没有多的了，定人定量的，他撇撇嘴说："山航真小气，我每次回家坐川航的飞机，都是盒饭，而且可以无限量添加。没事，下一班飞机是东方航空的，肯定不会这么小气。"我笑得直不起腰来。

我们在西安做了短暂的停留，又登上了飞往西宁的飞机，谁知却出乎杨的预料，到了用餐时间却没有午餐，只有一杯饮料。从西宁转机去玉树的时候，连饮料都没有了，杨积攒的怒气很快爆发了，飞机还有几分钟就要起飞了，他硬是不顾漂亮空姐的温柔阻拦，冲下去买了小面包和牛肉干。他理直气壮地投诉了东航，意外的是，我们五个人得到了五百元的赔偿，在拿到这笔"飞来之财"时，杨说了句意味深长的话："我们争取自己的权益，就得到了补偿，那些没有投诉的旅客就没有补偿，看来很多事情还是要主动作为。"

在飞机上看到大片大片的浑黄时，我就意识到已经到了西部。当我从玉树巴塘机场出来后，瞬间惊呆了，这简直是另一个世界——我连做梦都想不到的世界，毛茸茸的白云在蓝天上清晰地流淌着，阳光穿透云层直射下来，无与伦比的明媚，澄澈得不容一丝渣滓。每一片云都在拍着手迎接远方的客人，阳光在大声呼唤着，忽然，我就有了豁然开朗的自信和张扬。喧嚣纷华全被这醇厚高远滤去了，只剩下纯净。所以在这高原上，当我第一次看到这里的天、这里的山，掬起这里的阳光时，心灵被强烈地震撼着，这是我一直在找寻的纯净，在这里我和它们相遇了。

这样蓝的天，这样白的云，让人看着就心生欢喜，我又蹦又跳，前来接站的干事赶紧告诉我说这里是高原，不能做剧烈活动，否则会缺氧的。果然，上了中巴车没一会儿，我看到桂副主任的嘴唇开始发紫，他开始感到不舒服，却以为是杨买的面包和牛肉干有问题，其实是缺氧了。杨很无奈地背了黑锅，惹得我们又一番调笑。

一路上都能看到坍塌的房子，柱子断裂了，窗户上还残留着精美的雕画，远远望去像一朵朵被魔鬼采撷的花朵。如果不是地震，谁也不会关注这座被称作"最后的天堂"的小城，高远的天空下将永远是一派宁静祥和，就是这场突如其来的灾难，打破了所有的宁静，让它失去了神灵的庇佑。活佛说，地震就是恶报，是人的恶行所造成的，可善良的人们做错了什么，上天将他们的家园夷为一片废墟？

到了驻地后，炊事班给我们煮了面条。半生不熟的面条，我却觉得很好吃。桂副主任吸了氧，感觉好一点了，我倒感觉整个人轻飘飘的，像是踩在棉花上一般。野战方舱医院政委带我们在营区转了一圈，指着远方的山顶告诉我们，当地人死后都要天葬，那就是天葬台。也就是这个时候，我萌发了以亡灵的视角写一篇小说的灵感。

在玉树，我听到的第一个故事是关于白帐篷的。白帐篷相当于汉族姑娘的闺房，女孩长大后就会搬到离家不远的白帐篷里住，然后就会有男人出入她们的帐篷，她们在生下一两个孩子后才能嫁得出去，因为只有这样才能证明她们具备生育能力。娶她们的男人根本不会计较孩子是不是自己的骨肉，在他们心目中，每一个生命都是属于蓝天、属于大地、属于这片高原的。如果说他们在以最本真的方式张扬着生命力，但当看到他们虔诚地摇着转经筒的时候，看到他们全身匍匐在地，一步一叩首地祈福时，你又会为他们的敬畏之心肃然起敬。在这里人人都有敬畏之心，敬畏天地而不是敬畏伦理纲常。

一切都和平原地区不同，映入眼帘的是一张张古铜色的脸，氤氲着阳光的年轮，刻录着苦难和沧桑，他们身上散发着青草潮润的味道。太阳也总是不愿意落山，到了八九点钟，还高高地挂在天上，你会觉得时间走得极其缓慢，日子被拉得悠长悠长。等太阳落山了，夜幕降临，又会觉得天地间就是一个巨大的花萼，雌蕊是月亮，雄蕊是星星。

第二天一大早，我们就跟着医疗小组去了大山里面。车在路上抛锚了，桂副主任提出步行。

我们一路走着，时有藏獒的威胁恐吓，可谓历尽艰辛，不过别有一番快乐。关于藏獒，是有一个美丽的传说的。很久以前，在布达拉宫脚下，居住着勤劳善良的藏族人。有一年冬天，大地被冰雪覆盖，瘟疫横行，正当人们饥寒交迫时，见许多身披袈裟、手摇禅铃、坐在高大凶猛的坐骑上的活佛从天而降，那些坐骑就是藏獒。活佛和藏獒的到来使冰雪融化，大地复苏，瘟疫消除，所以在高原上，都说藏獒是上天派来的使者，是藏人的保护神。人们都把藏獒看作家里的一分子，看作自己的亲人。但藏獒是不会轻易对人产生好感的，它们对陌生人都非常凶狠，然而一旦在心里认同你，即使肝脑涂地，也在所不辞。

途经牧民帐篷，远远地看到有一位老阿妈在向我们招手，等走近了，她很热情地把我们邀至帐篷中。帐篷里还有一位四十岁左右的妇女，老阿妈说是她的外甥女。老阿妈的外甥女眼圈是紫的，她用磕磕绊绊的汉语说她前天出了车祸，骑摩托车被甩了出去，之后身体一直不舒服，胸闷，想量一下血压。车祸在高原是时常发生的事，每年都会有很多人死于车祸，因为地形复杂所致。自从地震后，方舱医院坐落在这片高原上，只要见到穿迷彩服的"金珠玛米"，藏民们就以为是医生，我只好告诉她我不是医生，但也简单给她把了一下脉。她的脉搏跳动过速，我告诉她可以去方舱医院。她听懂了，拿出糌粑和风干了的牦牛肉干让我们吃，我实在难以下咽，就委婉地拒绝了。桂副主任喝了一杯老阿妈端来的红茶后，我们就站起身告别，并叮嘱她一定要去方舱医院看病。她们站在帐篷前，目送我们走出很远。

玉树是我人生旅程的分割点，那一年，我狠狠地转了一个身，彻底地远离了原来的世界，曾经以为离开是很艰难的，后来却发现没有什么是做不到的。看过那亮堂堂的蓝之后，觉得人生没有什么值得我柔肠百结。每一段记忆，都有一个密码，只是有的时候，我刻意把密码忘掉了，尘封好，不要在遗忘的过程中再重新拾起了，时间已经带着往事流走，就不要说一切清晰如昨，也不要试图挽留。

我不停地游走，只为寻一个栖息之地。以前总觉得没有东西可以称为永恒，游走的就会流散，凝固的就会干涸，绽放的就会凋零，在这片高原上，我却真的感悟到一种永恒，有些东西是不会改变的。

我走下了高原，生活又恢复了原貌，玉树成了彼岸的灯火，心向往之，却只能长亭远望。它带给我的，不仅仅是地震所带给我的心灵的震颤，还有关乎生命本质的思索。玉树像一幅巨大的浓墨重彩的油画，横亘在我脑海里。那是一个斑斓的世界，经幡是斑斓的，玛尼石堆是斑斓的，人们身上的藏袍是斑斓的，姑娘的眼神也是斑斓的，我深爱那大片大片浓烈的色彩，那是生命力恣肆绽放的象征。在那里，我找到一种精神深处的共鸣，就像我无比沉醉于这种极致的绚烂，我想，我还是深深地爱着这个世界的，非常爱。

走下高原，我依然在红尘紫陌中穿行着，把酒当歌，最终都成了过往。只是玉树成了记忆长河中的岛屿，偶尔被心中的太阳照耀到，还会闪闪发光，还会觉得那里有我温热的气息存留。

在梦中长大的孩子，都是极端孤单的

——电影《萧红》观后感

　　室友张虹说我是一个很没有耐心的人，我也承认这一点，我似乎对所有事情都保持着高度热情，却又很少专一地把一件事情做完。比如我们俩同时在电视机上看一部电影，我总是看几分钟后就开始在房间里走来走去，做着其他事情，洗脸，做面膜，晾衣服，然后再顺便瞄两眼电视机，但是电影《萧红》我却很认真地看完了，而且看了两遍。

　　电影《萧红》又一次扯疼了我的神经。我喜欢散文化的小说结构，一般采取这样方式写作的女作家通常都是追求唯美的，萧红的小说《呼兰河传》正是一幅浓墨重彩的油画、一曲凄婉的歌谣。她一直在写作中追求着爱与自由，她说，因为没有更快乐的事情去做，所以只能写作。

有人（当然是男人）觉得萧红幸运，因为每次在她身怀六甲、贫困落魄的时候，都会有男人不顾一切地爱上她。从老家逃婚出来，怀着别人的孩子时，萧军接纳了她；后来怀着萧军的孩子时，端木蕻良接纳了她。其实，每一次她都在向以前的生活做着艰难的决裂与告别。每一次告别对于她来说都是一次艰难的、充满热切期盼的新生。每一次她都以为"那边清溪唱着，这边树叶绿了，姑娘啊，春天到了"，但现实都会把她从云端推入谷底。萧军曾经跟她说："让你这样的女人流泪，是所有男人的罪。"然而转过身去，他把同样的话讲给了别的女人。她终于明白，她始终是在梦中长大的孩子，而梦中长大的孩子，始终是孤独的。她对朋友阿虚这样描述萧军："我就像他的一根火柴，转眼就成了灰烬，然后他当着我的面划另一根。"

正是因为萧军的背叛，她选择了出走，然而出走的"娜拉"仍然找不到归属，端木蕻良就像一根稻草，这样轻微的力量怎么拯救得了沉溺于痛苦的灵魂？她终于明白，不是每个人都能获得拯救，也不是每个人都能创作自己的未来。她写苦难，是希望苦难的现实能够得到改变，可是希望始终在渺茫的远方。

萧红在中国的最北方长大，却病逝于中国的最南方。她一直在找寻着故乡，一生都在尽最大努力灿烂地绽放，终生用写作的方式对抗着背叛、孤独和绝望，但每一处都是异乡。她的足迹是倔强的，也是脆弱的，从异乡到异乡。

伤离别

正午时分，明朗的阳光在候机大厅里随着来来往往的人群穿梭跳跃着，杨一件一件地办着托运的手续，再过半个小时，他就要飞走了。上一次来机场是四个月前，也是和他一起，只不过那时是一起飞玉树，这次是他自己飞回成都，给自己在济南的工作生涯画上一个句号。

刚才来机场的路上，大家也没有客套地说以后常回来看看之类的话，都知道天府之国离齐鲁之邦还是有点距离的，有了新的工作之后就会有新的负累，没有要事的话，相聚是很难了。杨路上感叹着济南很美，济南的冬天其实很温暖，我知道突然要走了，他又对这个城市充满了留恋。他指了指坐在前边的张干事的臂章说："我回去之后就要换臂章了，曾经梦想着能戴个红旗，现在换了单位还是要戴两把枪，不过在哪都一样。"

俗话说"铁打的营盘，流水的兵"，军营是这样，学校也是这样，像我这种从学校直接蹦到军营里的人，按说应该习惯了这种离别。每年的夏天学生毕业，冬天老兵退伍，离别的愁绪都会到处泛滥。那天我外出办事，走到大门口，警卫营正在举行老兵退伍仪式，过了半个小时我再回来的时候，看到有几个战士的军装上，肩章和领花都摘掉了。领花和肩章是军装的灵魂，没有了这些标志，军装也就失去了意义，不知道他们会不会把记忆也随着肩章和领花留在部队。

　　这是学校和部队必须完成的新旧更迭，旧面孔离开之后就会有新面孔把空缺填补上，整个机制依然井然有序，不会有半点错乱。但那些熟悉的声音、气息都会飘然而去，离去的时间如此短暂，可能只需要一个下午，但这些个体不会再重现。每个人都是一个独一无二的个体，不会再有重复。

　　只是对于我来说，每一次离别，每一次还是会伤离别，在每一个离别的时刻。

　　杨在登机口回头，掏出相机给我们拍照，他是个心思细腻的人，想存留下每一个回忆。人生中其实有很多很多记忆，岁月越长，记忆越多，人生就会变得沉甸甸的。我那天宽慰他说："到了新环境，就会有新的朋友了，慢慢地，我们都会淡出你的视线，成为一个定格的符号。人在旅途上走，经过一个个驿站，时间久了就会被遗忘。"他摇摇头说，不会的。

　　杨走了，这个城市的阳光依旧灿烂得一塌糊涂，我们有说有笑地往回走，正好到饭点，我们还去大快朵颐了一番，只是再回到院子里的时候，我突然意识到再也不会在这里看到杨的身影了，浅浅的忧伤在心底缓缓地流淌。

子欲养而亲不待

上个星期错过了彭学明的讲座，回京后听说大家在听到他讲长篇纪实散文《娘》时，都情难自已地落泪了。关于《娘》，我以前看过，但只看了一些片段。在一个阴郁的周末清晨，我通读了全文，也止不住地落了泪。一方面是因为娘对命运和苦难坚韧的承受，对孩子毫无保留的爱，就像奥涅尔《大神勃朗》笔下的地母——只有爱，只知道爱，永远爱的母亲，她倾尽一生，把一切都奉献给了孩子；另一方面感到强烈的愤慨，为彭学明对待娘的态度，虽然他的文字带着湘西那独特的空灵和唯美，虽然长达十几万字的文章就是一本对母亲的忏悔录，但还是让我义愤填膺，怎么可以这样对待自己恩重情深的娘？

书里有一张娘的黑白画像，娘清瘦、孱弱，可就是这样单薄的臂膀，却为儿子撑起了一片天，把风风雨雨都挡在了外面。为了他，娘经历了四次婚姻。邻里乡亲都看不起下堂的女人，娘就在乡亲蔑视的目光里，卑微而倔强地活着。娘为了儿子，在打谷场上跟一屋的人打架，被打得遍体鳞伤，奄奄一息，躺在血泊里，像是被烈日晒过的带斑的红薯干，乡亲们对娘讲："你那么傻，一个妇女，哪能打得过人家一屋人？"她说："为了我儿，他有十屋人，我也得打！"娘为了他能上学，寄居在别人屋檐下，忍气吞声。娘瘫痪后，拄着拐杖，去捡拾秋收时田里掉下的粮食，盘儿养女。在最艰辛的日子，又被当作流窜犯抓了起来，娘把世间的苦都尝尽了。他是娘活下去的精神支柱，把他当作命根子，用生命去呵护他长大。娘就是一只瘦鸟，用并不丰盈的羽翼保护着他。为了他，娘几乎一生都是在"跪着宽容世界的"。

然而，他嫌弃那个家，痛恨自己贫穷的出身以及卑微渺小带给他的耻辱，他不愿意见娘。终于有一天，他羽翼丰满了，出人头地了，却只知道去追赶前面更美的风景，把娘抛在了身后。他是人大代表，为贫困山区盖楼，对弱势群体伸出援手，却把暴戾、乖张的性情留给了娘。他的心很大，却容不下对他恩重如山的娘。结婚的时候，都不肯让娘去参加婚礼，娘怯生生地问他，自己可不可以去，他蛮横地阻止了，娘的心碎了一地。即使在娘病危的时候，他依然没有和颜悦色地跟娘说过一句话，直到娘在医院里挣扎着死去。

我们总是忽略了最爱我们的人，等到木已成舟，才悔之晚矣。

彭学明在文里可谓字字血，声声泪，他说娘像一块坚如磐石的寒玉，用月的清辉把他镀亮。他说他把娘弄丢了，要把娘找回来；把心弄坏了，要把心补完整。但无论他用怎样精美的文字包裹母子之情，却是子欲养而亲不待，娘成了化石，成了剪影，成了雕像，即使在儿女心灵的底片上日夜显影，也已经无法再亲手触摸到那饱经风霜的脸庞。

现在他懂得只要拥有娘的贫穷卑微就够了，有娘的弱小平凡就够了，一个内心如此丰沛的作家，却这样忽视了他最应该爱的母亲。现在后悔了、忏悔了，有什么用？逝者已逝，阴阳相隔，只能扼腕痛惜。人只有一个现世，不要期望来生会弥补今生的遗憾，也不要用这样的话来给自己一个安慰。谁知来生你还有没有缘分再做他们的儿女？我从来不相信什么前生，也不相信有来世，只相信现在。今生都做不好的事情，不要再企望以后弥补了。

我觉得娘死后仍然在为他做着贡献，他把他的苦痛写出来，到处宣讲，讲与世人听，他对娘的不孝反而为他赢得了名誉。别人只不过在他的追悔中陪着流几滴眼泪，然而对娘的歉疚，他怎么还能弥补，又怎能还得清？

我想起我的父亲说过的一句话，父母给予孩子的爱，永远要比孩子回报的多。

回不去的流年

　　单位通知我节后去上班，接到通知后，我对家的不舍便刹那间浸满了心田，犹如窗外淅沥的春雨淋湿了流年。我知道这片故土从此再不是我栖息的森林，而只能是我停靠的驿站。我像一只鸟儿，飞倦了回到旧林，稍待停留后又匆匆离开。从高中毕业离家去异地求学，这种感觉就一直伴随着我，并且从此要伴我一生了。离开这片土地就如同从高山上流下的河，再也没有了回去的路。

　　去年12月下旬我回到家中，忙碌而紧张的生活陡然变得闲适。我喜欢在夕阳斜照的时候到环城湖边走一走，冰封的湖面安静地映照出悠长的岁月，思绪也被拉得很长。我曾想如果一直生活在这座城市里，过一种波澜不惊的日子，是不是也会很幸福？如果想得到的仅仅是生活的平静和安宁，是不是也可以平抚所有的辗转？是什么让我背离了这座城市？是欲求，无休止的欲求。它鞭笞着我，让我不停地去寻找，然而却不告诉我去寻找什么，它无时无刻不在我耳边叫嚣着，让我的灵魂片刻不得安宁。即使能得到短暂的满足，却依然要继续跋涉在茫茫不可知的旅途中。家，是我多少次迷蒙中的幻想、坚守中的渴望。

　　湖水凝滞了，心绪也静止了，曾经在生命中视若珍宝的人再相见时已恍如隔世，曾经的幽怨煎熬竟淡然如水。"此情可待成追忆，只是当时已惘然。"用情至深也抵挡不住时间的漂洗，再回首时已各自天涯，消释光年。

　　就这样穿行在遗忘和守望之间，就这样对所有的过往释然，就这样翘首在流年的边缘，就这样猜想着梦寐中的答案。

一个人的第一场雪

一位北京的朋友在下着雪的夜发来信息："北京已经下了第三场雪了，我在深夜里守望着温暖。"济南也下雪了，它来得那样快、那样恣肆，很霸道地掐断了秋天的温和绵柔，抢占了时光。就在前不久，朋友还说："认识你的时候，桃花染红了春色，如今北京的秋天已经是枫红弥漫，你是否依然笑靥如花？"转眼间就风雪漫天了，没有任何前兆。其实生活就像一张草图，没有规划，从一开始就已经定格。此时，朋友或许正在淡雅的灯光下守护着一抹温暖，或许在绕梁的翰墨中挥洒着一抹余香。我在守望什么？守望明天的太阳吧，我是那样热爱阳光，无论何时何地，它总会给我带来无与伦比的好心情。

不知道从什么时候开始，我发现自己变得像石头一样倔强，我时常会孤独，会彷徨，会犹豫，这个秋天我在撕裂和反转中淘洗着夜色，但我不想得到任何人的关心，纵然能让我感到些许的温暖。我还是希望一个人走下去，因为一个人走在路上，就能获得无比的自由。无论怎样，我希望所有的未来，都是一个人的坚持。有些孤独，只能自己超越；有些苦痛，只能自己承担；有些心事，只能对自己诉说。

当明早的阳光用抒情的手指敲醒我的梦境，我想我会听见窗外冰凌断裂的声音，在曙色里，我依然会简单得如同雪的颜色。

熄

阳光和落叶铺满了整个街道，迎面的暖风吹来，时光幻错，有一种春秋交织的感觉，落叶被来回的车轮席卷，撞在挡风玻璃上，我在想：它们疼吗？这么决绝和不顾一切。

身边朋友们的故事像阳光下的树影一样扑朔迷离，悲喜剧交织着上演，我亦是辗转。有人说我像一个棋手，有些棋子下得又狠又急，其实我是想把自己逼至极限，不再留回旋的余地，但现在却觉得自己越来越像一枚棋子，本不想再做凌空的舞蹈，回归一个温暖的地方，事实上却被掌控了，只能原地不动。纵使想培养元气，徐图大举，但不经意间已触碰到落幕的结局。

父母总觉得他们担当着悬崖勒马的伟大角色。父亲劝我做事三思，不可冒进，他说当代革命军人核心价值观的最后一句是"崇尚荣誉"，他所理解的崇尚荣誉就是珍惜自己的劳动成果，珍惜通过自身努力所得到的东西，一旦走错了，曾经拥有的也许会全部付诸东流。父亲的话让我有了一种新的认识，以前我所理解的崇尚荣誉是向前看，要进取，为自己增加在社会上博弈的砝码。其实固守好曾经拥有的，也是一种责任和义务，不仅仅是事业，还有生活中的点滴情感，都应该珍惜。

熊熊烈火般燃烧了许久的冲动，终究归于灭寂。这时候，才发现自己当了一回鲁迅先生笔下的狂人，发了半天疯，最后还是"赴某地候补矣"，近期所做的努力全部作废，无论我的内心多么真诚，都要回到起点，继续游荡，生活继续扑朔迷离。同时我也告诫自己以后不要相信"结果不在乎，过程才重要"的鬼话，没有结果，什么都是无用功，只能感慨强大的秩序面前，我是多么渺小。再想想"五四"的先哲们，走在秩序之外该是多么疼痛、多么煎熬，内心又经历着怎样的撕扯和纠结，他们何尝不想有一个安逸舒适的去处，其实这些东西他们转身就可以轻松得到，但最终还是选择了出走，即使外面风急雨骤。

而我只能退缩，所以我注定如此平庸。

往昔之城

　　人生携我伫立在青春的山坡上，并示意我向后张
望。于是我见到一座城市，奇形怪状，坐落在一片原
野上。那原野香雾空蒙，紫霭升腾，天光云影，一片
奇景。

　　我问："那是什么地方呀，人生？"

　　她说："你仔细瞧瞧吧！那就是往昔之城。"

——纪伯伦《往昔之城》

　　天空阴霾，彤云密布，校园里的路总没有一刻消停，走来
走去的都是穿着帽衫和运动裤的男生女生，脸上一派悠闲自
得。每个人的穿着都那么松散，他们不需要精致，过于追求精
致品味的人只不过是为了填补心里的空洞。

我转个弯去了食堂，菜品丰富得不得了，瓦罐、川菜、湘菜、南北风味，一应俱全。好像每个人胃口都好得不得了，餐盘里都装得满满的。一个男生用一口带着浓重南方口音的普通话开导着对桌的女生："如果他不讨厌你，那么还能培养出一点感情来；如果他看见你就烦，那还追个什么劲啊？谈恋爱嘛，要的就是两情相悦。感觉，你懂吗？"女生辩驳道："我就是很喜欢很喜欢嘛。"我坐在他们身后，边听边笑，真好，他们还只是追求着两情相悦。

从食堂出来，我去阶梯教室转了一圈，老师在台上讲课，台下或睡或醒，咖啡杯、奶茶杯、水杯摆了一桌，五颜六色。我从门口往里看，想着他们怎么可以坐得东倒西歪，应该坐端正点才好；杯子怎么能到处摆放，应该整齐划一才对。忽然一恍惚，这是学校，而不是军营。

下楼来，正遇到两个情侣模样的人，一人举着一个比脸盘还大的"土掉渣"烧饼，边走边吃着，这里每时每刻都有或美丽或悲情的故事上演，也许一眨眼的工夫就会烟消云散，但是至少现在，他们可以相互取暖。我想起了自己的大学时光，那时候 AA 制去门口的小餐馆里吃顿饭就觉得快乐无比，不用主次分明，不用敬来敬去，还可以穿着拖鞋去食堂打饭，满校园都是五颜六色的海报、宣传册。整个学校的氛围用许巍的歌形容再贴切不过："你像风一样自由……"

如果能让我再回到十八九岁，我一定不会再整日闲散地打发日子，青春是条一去不返的河，生命中的每一分每一秒都浪费不起。

漂　泊

　　也许离开得有些久了，再回到济南，我感觉很陌生。这座城市到底给我留下多少深刻的印象，仿佛有，又仿佛只是一片空白。每次离开它的时候，总是迫不及待；每次回来的时候，又总是迫不得已，它越来越像一座空城。

　　刚来济南的第一年，我非常想跻身这座城市，就蜷缩在教学楼的一隅拼命学习，像一个疯狂的赌徒，把青春作为赌注，去挤那座独木桥。其实心里战战兢兢的，生怕它会断然一挥手，就把我残忍地拒之门外。当我快成了一架轮转的机器时，它给了我一个学生的身份。

　　之后的日子渐渐变得舒适起来，于是就有了时间细细打量它。它很温和，一年四季的大部分时间都是阳光普照，即使下雨，也会很知趣地晚上下，白天晴。整个城市的气质就像温吞水一般，中规中矩。

我每天日出而作，日落而息，按部就班。在这座城市里我总是找不到方位，也记不清有多少路，所以活动的范围就没有离住的地方很远过，除了几条标志性的街，其他的就再也记不清了。

我不懂得欣赏济南的文化底蕴，满眼是车水马龙，没有看到过"四面荷花三面柳"的景象。考上初中那年，母亲带我去过大明湖和趵突泉，而今我来这个城市八年了，再也没有去过一次，不是没有时间，而是它没有让我想去的欲望。我无从知晓李清照当年怎样"惊起一滩鸥鹭"，也只模糊地记得老舍在《济南的冬天》里写过一群落了薄雪的小山，却记住母亲当年带我到大明湖边，跟我讲起韩复榘作的"诗"："大明湖，明湖大，大明湖里有蛤蟆。"我不知道这是不是真的出于韩复榘之口，但每每有人跟我提起大明湖时，我脑海里立刻会闪现出这一句，其他的就没有印象了，我不知道这算不算是对济南温婉气质的一种亵渎和误读。如果有朋友来，我还真不知道怎样带人家去了解这座城市。岁月像一个巨大的容器，那些浮于表面的东西都会渐渐溢出去，唯有化血化骨的东西，能沉淀下来。但这些年的时光好像在风尘中化作一堆泡沫，被岁月的河冲刷，然后飘远了。

这座城市接纳了我，可我却怎么也融不进去了，总是找不到归属感。心里带着隐隐的看不见的疼痛，眼睛里早已飘散了曾经的影子。每一天都在更新，昨天渐渐远去的时候，时间却总生不出苍老的皱纹。

明天，一切还将继续。

"被"长大的时代

  高中同学聚会，一起回忆起那段青葱岁月，我忽然发现再凝望时竟有一种不堪回首的感觉，年少时的青涩、张狂、倔强、迷惘都汇成一首淡淡的歌，在记忆的彼岸浅吟低唱。

  中学时代，我们的世界都是一样狭小，对大学的向往，对爱情的憧憬，对前途的忐忑……种种情愫萦绕在稚嫩的心里，碰撞冲突，却又找不到出口，那种感觉就像伫立在秋风里，凝望着无边落木萧萧下，却又理不清思绪，也无法找到能表述自己情绪的语言，只有下了晚自习后望月兴叹一下。中学毕业后，我们离开了家乡，在不同的人生轨道上向前走着，在各自的小天地里奔波着，或为生存之需，或以理想之名，偶尔回望一下少年时代的星空，发现那星星还闪烁在梦想的天边。

  有个同学已经做了父亲，他说："十年前我是一个学生、一个孩子，现在我已为人父，我的身份在改变，周围的环境在改变，可我的内心好像并没有太大的变化，自己已经是三十岁的人了，还总感觉没长大。"他的话引起了我们的共鸣，人总是被时间追赶着往前走，"被长大""被上学""被毕业""被就业""被结婚""被做了父母"。也许心理还没有做好充分的准备去面对这些事情，还没有想过主动承担责任和义务，就被时间的手推向了人生的又一级台阶。在外面受了委屈还会跑去找父母抹眼泪，当他们温热的手抚去你闪烁的泪花，才发现父母的背已经不再那么挺拔；梦还徜徉在悠然自得的大学生活里，当树上的蝉声划裂午后的寂静，才意识到该拿着毕业简历四处奔波了；还没有经历过刻骨铭心的爱情，当周围的人越来越关心你的感情问题，才明白已经走到了围城边上；自己睡觉时还要抱着布娃娃，无意中瞥到父母用渴望的眼神盯着别人怀里的宝宝时，才想到该承担起传宗接代的任务了……时光像一把利剑，掠过星空，掠过大地，从高空刺过来，刺入生命的深处，凝固了一段过往，站立成一段永恒。

在人生的成长足迹中，我们是被动的，被时代和环境卡住了喉咙，无法发出自己的声音。我们这一代人似乎被岁月的浪涛推赶着往前走，身不由己，其实想想哪个年代不是这样呢？人与事，是与非，我们很少想过要主动去寻找它们的意义。也许生命就是一种轮回，转着弯往前走，无意间就踩在了前人的足迹上，有些东西强求也强求不来，有些东西不想面对却还是要面对，也许这就是人生的真谛。

"五四"漫想

　　早晨又是从中午开始的，白天睡不醒、晚上睡不着是我最近的状态，以至于有点精神恍惚。当我从床上坐起来时，脑海里流星般闪过一个词——憋屈。我感觉到无比的憋屈，莫名其妙的憋屈，就像即将一触即发的山洪，随时都有倾泻千里的可能。

　　起床后发了一会儿呆，就开始找东西吃，牛奶喝完了，面包长毛了，只好匆匆洗漱后去了餐厅，只剩下残羹冷炙，还好有卖粽子的，就买了一个。现在离端午节还有一段时间，这是今年吃到的第一个粽子，今年闰五月，两个端午节，但重复的事情似乎总会由浓酽变得淡然，就像一杯茶，反复续杯就索然无味了。

　　牛奶没有了，只有红酒，我吃着粽子喝着红酒，看着手中的两样东西，一个清绿，一个嫣红，想这算不算中西合璧，或者叫流行的一个词——混搭？其实很多事情都是不用按套路来的，也没有什么规矩可讲。突然想起我在家学做饭时，母亲总是怒目圆睁地看着我笨拙地对着土豆、黄瓜左右开刀，大呼切菜怎么能这样拿刀，说着就要抢我手中的菜刀做示范，我连忙闪躲："只要能把菜切了，怎么切不行，一样的嘛。"

现实秩序是规划好了的，人们往往被众多的规矩紧紧束缚着，看上去千姿百态，实际上却是整齐划一。它有着强大的力量，试图去改变它的，无论结局如何，总会先被撞个头破血流。像当年"五四"的先驱们，高举着"德先生"和"赛先生"的大旗，轰轰烈烈地试图去推行文化变革和文学变革，试图去启蒙那些麻木不仁的愚众们，以为可以拯救他们于水火之中，但千千万万的大众在麻木和冷漠中安然拒绝了拯救，中国特定的历史情况和坚不可摧的封建体制使先驱们手中的青铜利剑折成了中看不中用的"银样镴枪头"。虽然脸上挂着的依然是"众人皆醉我独醒"的孤傲和清高，但毕竟曲高和寡，内心总是泛着丝丝不肯言说的凄凉和苍楚。于是失望，于是绝望，于是颓唐。

即使在九十年后的今天，启蒙仍处于一种未完成状态，我们依然要寻找梦想的乌托邦。一个没有乌托邦的人生，是不值得过的人生。就让九十年后的"五四"在春天多情的地图上跳舞吧，让灵魂无边无际地漫游，没有时间的拘囿，也没有空间的限制，温柔地顺从着，同时又热烈地反抗着现实的种种，不断在超验的境遇中徜徉。

成长的权利

今天参加朋友的婚礼，又见到我的大学老师魏建，他依然那么激情昂扬。说起孩子的教育问题，他很激动，说现在全社会动不动就要求孩子做什么，计算机从娃娃抓起，英语从娃娃抓起，甚至中国足球也要从娃娃抓起，把负担都加在了孩子身上。孩子的童年就是一片促狭低矮的天空，大人们剥夺了孩子成长的权利，其实天下没有做得不好的孩子，只有做得不好的家长。

魏老师说："我讲两个例子就可以反映出家长教育孩子的方式是多么无知。去年奥运会，在北京奥体中心外，记者采访一个四五岁的孩子，问中国要举办奥运会了，你最想说的是什么。孩子欲张口，妈妈生怕孩子会有什么纰漏，在旁抢先说：'同一个世界，同一个梦想！'孩子只好照着说了。今年济南的全运会，出现了同样的镜头。记者问孩子济南要举办全运会了，你最想表达的是什么，孩子眨眨眼睛，刚想说，身边的妈妈赶紧对他说：'和谐中国，全民全运。'孩子机械地重复了一遍。"

由此可见，无论是在北京还是在济南，天下的妈妈都是一样的，她们总是要把自己的人生观、价值观强加在孩子的头上，她们精心培育的树苗一定要长成她们喜欢的模样。如果没有妈妈在身边，孩子会说什么，肯定不是这样的口号。也许童言无忌，但一定是自己的创造，每个孩子都是独一无二的天才，然而可悲的是，他们的想象力和创造力就这样被无情地扼杀了，更可悲的是家长却意识不到这种扼杀，反而为自己的教育成果洋洋得意。

现在的家长都在教育孩子："你好好学习就行，别的事情不要你管。"难道好好学习就一切都好了吗？凡是有出息的孩子，只出于两种家庭，一种是特别懂教育的家庭，一种是完全不懂教育的家庭。特别懂教育的家庭，对于孩子的教育是一种有益的引导，完全不懂教育的家庭则给了孩子自由发展的广阔空间。

近些年来，所谓"80后""90后"从出生起就受到过多关注和争议，总是遭到父辈们的猛烈攻击。究其深层原因，是没有长成父辈们喜欢的模样，他们一边被注目着，一边被鄙视着；一边被宠溺着，一边被声讨着，仿佛他们成了一块烫手的山芋，父辈们长吁短叹，不知道怎么办才好。如今"80后"中也有一部分已为人父母，希望他们能多一些理解，还给孩子成长的权利。

寻找属于自己的屋子

前一天晚上，我好不容易在十一点之前睡着了，今天是周末，心想总算能睡一个长长的觉了，却又在凌晨四点半醒来，再也睡不着了。起身拉开窗帘，外面一片漆黑，风吹得残存的树叶哗哗作响，天地间都弥漫着一种虚无和空洞。

在黎明到来之前，我渐渐清醒了，确定自己很不快乐，非常不快乐。每天的心情里找不到快乐的影子，我几乎连睡眠都保证不了，却又没做什么有意义的事，脑子总处于混沌状态。每天张着空洞的眼睛，别人给予我的，不过是多余，总是找不到自我，感到自由很软弱，连时间都不能自由支配，这有多么可悲。

时间就这样一点点被蚕食了、蹉跎了，以前觉得青灯长卷的生活是多么乏味，现在对于我来说却很奢侈。多希望能有一个夜晚可以安静地坐在灯下读书，但每天都有那么多的杂事要去应付，心里的沮丧一点点弥漫开来，然后使劲搜罗着各种理由安慰自己，为自己开脱。可我拿什么祭奠流逝的时间？于是狠狠地自责为了迁就别人而牺牲了自己。

是谁说的这句话？是鲁迅先生吧："如果说时间就是生命，那么浪费别人的时间等于谋财害命。"那我是不是被谋害了？不是，不能怪别人，只怪自己不懂得拒绝。我会为了照顾别人的情绪而舍弃自己的意愿，为了别人的快乐做着可怕的牺牲，这是一种多么残忍的奉献。我的时间被切割得七零八落，我的自由被粉碎得面目全非，自己设定的那一点目标遥不可及，愿望只能是愿望，照现实情境来看，怎么也实现不了。美好的理想脱离了现实之后只能是一堆凌乱的羽毛，注定了飘零，它的命运掌握在风的手中。

外面的曙光泛着坚硬的青色，这一刻我的心也一点点坚定起来，懂得去拒绝，找寻自己的空间，找一间属于自己的屋子。

春天里

又到了上班时间，成群结队的人往办公区走，时间在春节的氛围中行进。我以为现在还是和过年前一样冷，尤其在这个刚刚飘过雪花的夜晚，看着窗外浓重的暮色，我犹豫了一下，还是为了温度放弃了风度，把自己包裹得严严实实出了门。走了不一会儿就汗津津了，时间就是一条解冻的河流，缓慢而有条不紊地流到了春天，风刮过的时候已经有了些许的暖意。

有人在放烟火，忽想起今天一口气看完的小说——旅美作家池冰的《守望MANHATTAN》，为主人公爱比感到痛心，在这个烟火怒放的夜晚，华丽的背后有着诉不尽的苍凉。爱比为了一个绝望的艺术家、吸毒者，把自己折腾得可怜兮兮，用尽所有的努力换取一份让自己变得可怜兮兮的爱情。当她踏上曼哈顿的时候，就意味着一场劫难的开始，最后她的朋友们都离开了，让她伤痕累累的丹尼也离开了，纽约变成了一座空城。

整个冬天，我像一个藏在地窖中的老鼠，躲避着寒风的侵袭，也拒绝了阳光的照耀。

坚持过的，终究还是会散场，恨由心生，觉得全世界都亏欠我。于是我开始无微不至地照顾自己，很精心地为自己搭配食物，不再为了让腿看起来能细一点而拒绝穿毛裤，把自己打扮得像一只热带鹦鹉，让绚丽的色彩来粉刷内心的苍白，想把亏欠自己的拼命补回来。体温一点点回暖，心却一天比一天坚硬。春节期间，不少亲朋好友都说我气色很好，揽镜自照，发现脸颊确实红润了不少，也许跟心情大好有关。时间的钟摆就像拉链，把岁月都包裹在里面，看不到一丝痕迹，没有人在我的眼睛里读到一丝忧伤的影子，流逝的时间那么安静，不再使我感到不安。我像一个勤劳的园艺师精心装点曾经荒芜了的心园，让它重新花团锦簇，这个过程让我感到自足、自由的快乐。我也开始关注很细节、很琐碎的东西，会在临睡的时候去厨房里检查一下，看看有什么该放到冰箱里，把第二天早晨磨豆浆用的豆子泡好，嘱咐父亲饭后走路不要太快，一点小事情都能把我的快乐因子调动起来。忽听谁家的孩子跳槽了，谁家换车了，谁家买房子了，五花八门的信息凑到一起，我看着听着感受着，就觉得高兴。

不知不觉走进了院子，看到从昏黄的路灯下走来一个人，她的发型和身段同母亲几乎一模一样，我几乎要喊起来，这才看到她身旁还有一个年轻的女孩。我的母亲不在我身边，聚少离多，她不熟悉我现在的生活，在她眼里，我和小时候一样，还是那个任性得有些蛮横的孩子。

　　我还是觉得很幸运遇到这位阿姨，转身中，我看到暮年的天使站在不远处，夜色清冽，像涌动的泉水一般，我沐浴在如水的宽容中。

坦荡荡，往前走

有些人热衷算卦，我非常不理解。升职要算，搬家要算，甚至结婚定个日子，生孩子起个名字，都要找所谓的"大师"算上一卦，似乎什么事情都有玄机。我不否认天地间隐藏着一种大智慧，但并不是翻过《易经》、看过《麻衣相术》的人就能阐释得了的，每个人的命运自有定数，走好当下的每一步就可以了，非要找什么"大师"对未来妄加评判，自觉不自觉地就会造成一种心理暗示，说不定还要起反作用。人生就像一个谜，当你身在云雾之中的时候，谁都无法告诉你答案，用郑板桥的话说"难得糊涂"，应该是最为恰当不过的了。当走完这一段旅程，每一道谜都会得到最澄明的解释，所以不妨放下所有羁绊，且歌且行。

这一切归根溯源还是人类对终极问题——生与死的思考。

对此，孔子的回答是："未知生，焉知死。"他告诫后人首先要搞明白活着的事情、活着的意义，不要在活着的时候去抽象地思考死亡的问题。事实上，孔子并没有虚幻地阐述生与死本体的意义，但是他摆明了儒家的态度，就是活在当下，活在今生。

在理性主义和机械主义大踏步向前迈进的时代，尼采干脆宣布"上帝死了"，上帝的死亡由一种梦幻逐渐转变成现实。"上帝死了"意味着什么？证明人类从此将免于一切形式的权威羁绊，庆祝人类终于从暗无天日的神权时代获得解放，还是宣告人类拆除了心灵的枷锁，获得了主宰自我的能力？这是个狂妄的命题，也是个大胆的宣言。尼采说人类敬畏上帝的心死了，人类采取了一种"死"的态度存活于上帝之中。然而，上帝本身是什么呢？这又是一个深邃的神学问题。古希腊哲学家赫拉克利特说："上帝是白天与黑夜，冬季与夏天，战争与和平，满足与欲望。"既然上帝是一个存在的整体，他又怎么会死呢？从这个意义上来说，人们可以用杀死"自心"的方式判决上帝的死刑。

抛开生与死的叩问，就拿人们对于命运的看法来说吧，台湾作家林清玄的一段文字可供参考：

"一切命运只是心的影子，一切际遇起落也只是心的影子。心水如果澄澈，什么山水花树在上面都是美丽的；心水如果污浊，再美丽的花照在上面也只是污秽的东西。因此，改造命运的原理是要从心做起，而改造命运的方法是进入正法，不要落入外道。'心内求法就是正法，心外求法即是外道'，迷信也是如此，想透过外缘的攀附来改变命运就是迷信，只有回来从内心改造才是正信——所以迷信不应指命运、风水、鬼神等神秘的事物，迷信是指心被向外追求的意念所障蔽和迷转了。

"一个人的心如果澄净了，就日日是好日，夜夜是清宵，处处是福地，法法是善法，那么还有什么能迷惑、污染着我们呢？"

人们每时每刻都要扮演着各种角色，不需要别人来捧场，也不需要别人来指点迷津，而是靠自己坦荡的胸怀、平和的心态来完成戏中的角色。生活严谨的同时不要那么较真，放轻松一些。生活就是福祸相倚，它是一个祸福变化的容器，就看你把它变成什么了。人生需要时时刻刻改变自己的心态来适应自己的需要，心态对于一个人来说非常重要，保持良好的心态，要靠自己的文化积累、思想内存和信仰信念。我们不能左右天气，但是能改变心情；我们不能预见明天，但是能珍惜今天；我们不能操控别人的态度与看法，但是可以保留一点倔强。既然改变不了现实，那就好好把握自己的人生，世界上没有绝望的人生，只有绝望的心情。也许人有时候会感到迷惘，甚至开始逃避，产生一种强烈的失落感。这时候不妨把人生中最张狂的一面拿出来，想别人想不到的，做别人做不到的，豁达一点，坦荡一些，心无旁骛地走自己的路，努力达到心中的目标。不要失去对生活的希望，要有极高的热情，把每一天的曙光都看成幸福光环的照耀。

人生是漫长的，是短暂的，也是很有趣的时间和事件的组合，包罗万象，处处都有喜悦和悲伤。无论是闲庭信步，还是风雨兼程，时光总是"逝者如斯夫"，世间冷暖、五味杂陈都经历过了才算没有虚度此生，而人生的乐趣就在于对未来的不可知，对未来的好奇心。不要急于揭开明天朦胧的面纱，在憧憬中保持对生活的期待与向往吧，在人生中留下坚实的足迹。顾拜旦就说过，生活中最重要的不是凯旋，而是战斗。跟未来叫板，与命运较劲，不失为一件很有意思的事情。坦荡荡，往前走，有高潮，有低谷，有取得胜利时到达巅峰的欣喜，也有遭遇挫折时陷入困境的迷茫，正如溪流遇到高山才会有瀑布的壮美，幼苗经过修剪才会有大树的伟岸，跌宕起伏才构成了人生旅途的美妙和丰富。积极地直面人生，最重要的是过程，而不在于结果，当日后回想起曾经付出的努力和拼搏，一定会感觉到这是一个多么美好的回忆和经历。

卸

　　大雨过后依然飘着细细的雨丝，拉伸着我的思绪。我撑着伞走了出去，看着车轮轧过之后泛起的水珠和屋檐下堆起的浅浅水洼，心中泛起密密麻麻的喜悦。久违了，我的心情，悲伤和快乐总是来得那么简单，放手原来也可以这么简单。多久没有过这种自由的呼吸，多久没有过这种平静的悠然。

　　对于理解你的人，一句话都是多余；不珍惜你的人，一句话都是浪费。适合你的，就是适合你的；不适合你的，勉强也没有用。不要相信感情可以磨合之类的鬼话，不可能的。不要以为枯干的心从此可以得到幸福的浸泡，这样只能发现自己的幼稚和可笑。

　　晶莹的雨滴擦亮了许久以来的苍白和黯淡，让它去冲刷我的忧伤，不再让泪滴挂在夏天的眼角，那片潮湿的风景不属于我。昨天见到导师，她用惯有的观点对我说："女孩是用来疼的。"那好吧，我也可以宠爱自己，对自己说，我依然自信、坦荡、坚强。

这雨是我的眼泪吗？那就尽情地流吧，让所有的悲伤统统流走。不再徘徊于梦境的幽谷里，不再沉溺于期待的渴望中，卸下那份浮躁，寻找一个巨大的容器，好盛放我所有的快乐，敲敲它，会听到如山泉般的弦音。

再别北京

我即将离开北京的时候，高铁开通了。济南到北京，或者说北京到济南，只需一个半小时，朋友说这样济南岂不成了北京的郊区，想想也是。郊区是什么？被动而贪婪地吸收着大都市溢出的东西的地方，往往首先溢出的是泡沫，泡沫和青春一起发酵，产生的是毒素还是营养素，这就很难说了。

有些北京人不靠谱，也没办法靠谱，因为会有太多心有余而力不足的事情。比如赴约，有的人本来从心里是想按点到的，无奈堵得水泄不通，忐忑不安地跟对方说："对不住啊，迟到一会儿，堵了。"对方也回一条："彼此彼此。"于是坦然。

这次我在北京学习，逛了几次胡同，在车水马龙的大街上拐个弯，就是另一番狭小却极有韵味的境地。胡同是北京的精神内质所在，现在有成群结队的文艺青年像瘟疫一样蔓延在胡同里，把一个个老胡同改造得面目全非，咖啡馆、酒吧、小旅馆占据了半壁江山，穿着怪异的年轻人以"艺术"的名义把胡同装修得如同诡异怪虐的迷宫，但这些"舶来之物"终究无法融入胡同的芯子里。实实在在的胡同日子还是细水长流的几十年几十年的光阴熬出来的。一条看似松散、漫不经心的生活链条穿起了胡同生活，围绕着居委会，理发店、水果店、小卖部、门诊部、棋牌室、垃圾回收站一应俱全，不出胡同就可以把日常生活打理得有滋有味。我去过两次护国寺那边的胡同，就是为了寻找北京电视台播出的"寒食十三绝"，如驴打滚、艾窝窝、面茶，除了那酸腐的豆汁儿，其他还是挺符合我的口味的。看着地道的北京人在胡同的自家门口沏一壶茶，歪在摇椅上神定气闲地吃着点心，那叫一个"有面儿"。

北京离济南不远，我却觉得水土不服，三个月里不是晕车就是皮肤过敏，肠胃还动不动就"起义"，上吐下泻。春天的时候，走在路上，风都能把沙砾吹起来，打在脸上生疼。清晨拉开窗帘，一层厚厚的黄土浮在玻璃上，用指尖轻轻画出一个笑脸，它也一脸空洞地望着我。在这个城市里，转个街角都可以碰到欲望，它被包裹成理想的模样，诱惑着我，在思绪飞出去很远之后，却连翅膀都冲撞得零散了。夏花绚烂时，我也该离开了，心也慢慢落地，还无端生出一点点扭捏的小忧伤，随后又被众多计划给挤走了，还想去动物园淘点衣服，还想去雍和宫许个愿，还想找个江苏菜馆品味一下淮扬菜的味道，济南没有一家正宗的淮扬菜馆，而我又那么喜欢……

在这座城市里，我始终是有游离感的，就像顾城那首诗写的：“小巷／又弯又长／没有门／没有窗／我拿把旧钥匙／敲着厚厚的墙……”

敲一敲，听听回音也就罢了，我还是要离开，因为它不屑于我，我亦不屑于它。

晨光微凉

晨光微凉，我起身随意翻动床头的书，还有报纸夹在里面，打开，是悼念史铁生的专版。这还是年初的时候刻意留下的，当时惊闻作家在 2010 年的最后一天逝世，很是痛心。这位以残缺的身体坚韧跋涉在文学苦旅中的作家，用残酷的命运之笔书写出健全丰满的思想，他把地坛留下，到天上去了。

在这样一个阴郁的清晨再次翻开《我与地坛》，自然而然联想到一些空旷的、具有真正空间意义的词儿，比如"永远"，比如"未来"，永远到底有多远？未来到底在哪里？这些看似充满玄机的词儿，在现实错综复杂的环境中又会催化成什么样子？史铁生无意中走进那个园子，再也没有长久地离开过。"地坛离我家很近。或者说我家离地坛很近。总之，只好认为这是缘分。"他说在人口密聚的城市里，有这样一个宁静的去处，像是上帝的苦心安排，我却读出了另一番意味。寻找爱情也像寻找一座古园，你在无意中走进它，遇到一种气息、一个眼神甚至一个动作，而仅仅是这些微乎其微的瞬间，就诠释了一切，或者恰恰是那一个瞬间，你们正好共同见证了，就像地坛中的松柏，或者像坠入园中的落日。"你忧郁的时候它们镇静地站在那儿，你欣喜的时候它们依然镇静地站在那儿，它们没日没夜地站在那儿，从你没有出生一直站到这个世界上又没了你的时候……"这样一座古园，应该宏大，应该清净，应该有关怀、有承担，那是一种沉静与包容，不是信誓旦旦，不是夸夸其词，就那样安静地伫立在那里，眺望着你的脚步，等待着你的到来。

这次在北京学习的时候我去了地坛，系主任安排在地坛公园的亭子里讨论史铁生的《我与地坛》。地坛早已不是作家笔下那个荒凉颓败的园子，而是熙熙攘攘，人来人往，当时还正在开丝绸展销会，叫卖声不绝于耳。不知道史铁生如果在世，会不会气恼这纷扰的喧哗搅乱了清淡的日光流年。干部培训班的同学写了一篇小说，我记忆颇深，里面有这样几句话，大概是这个意思：有些人会让你永远不必等，你会让某些人永远不要等；有些人要你永远等下去，而有些人，你连等的机会都没有。这几句话颇有哲理，生活将一个又一个的偶然和必然随手甩到你面前，它造就了一条宽阔的坦途或者逼仄的甬道，站在这样一个路口，却是举步维艰。

悠远的时光被悠远的虚无吞并，爱无所归处，只是往日也不知归向了哪里。盛夏过后就是初秋了，还是希望夏季再长一

107

些，虽然我住的顶楼像一个巨大的蒸屉，酷暑难耐，但我更喜欢眯着眼睛看夏日的骄阳，仿佛被捅开一个洞，熔金的阳光大片大片地从洞里泼洒下来，把窗外的树叶照得闪亮。我更喜欢打开窗帘，潮热的气息蜂拥而至，留下来的热烈，沿着粉红色的神经蔓延到心里。

路与蛇

我向来不喜欢暗色调的东西，却格外青睐黑夜。光明常与肤浅相伴，黑暗却源自深刻，阳光耀目的地方一览无余，无边的黑暗中则孕育着黎明、希望，还有前行的力量。

鲁迅——无法逾越的旗帜，重读鲁迅，在黑夜。也许只有在黑夜里，才能读出些许的况味来。

他总是感到悲哀，却从不肯低头，即使制造一个虚妄的未来，也还是在绝望中寻找着希望。他的内心又是那样矛盾，终日被撕扯着，《野草》中的《墓碣文》便是最好的隐喻："有一游魂，化为长蛇，口有毒牙。不以啮人，自啮其身，终以殒颠。"是鲁迅的化身吗？

《伤逝》中也有这样的句子："新的生路还很多，我必须跨出去，因为我还活着，但是我不知道怎样跨出那一步。有时，仿佛看见那生路就像一条灰白的长蛇，自己蜿蜒地向我奔来，我等着，等着，看着临近，但忽然便消失在黑暗里了。"这条"灰白的长蛇"凶险莫测，子君便是被它吞噬的。"然而子君的葬式却在我的眼前，是独自负着空虚的重担，在灰白的长路上前行，而又即刻消失在周围的严武和冷眼了。"

路与蛇，本是一体吗？想到《故乡》中的名句："我想：希望是本无所谓有，无所谓无的。这正如地上的路，其实地上本没有路，走的人多了，也便成了路。"路，就像涓生、子君脚下"灰白的长蛇"，似有却无，似无却有。鲁迅否定了希望，也否定了绝望："绝望之于虚妄，正与希望相同。"人生的意义就在于行走。所以《野草》中的"过客"一再反复说"我只有走"，"走"成了过客们唯一的选择，无论前方是坟墓还是花园，路就像一条条蛇，缠绕过客的肉身，终不能摆脱。鲁迅以蛇自喻，又将蛇喻作路，将路与生命紧紧缠绕在一起，其中蕴含着他独特的生命哲学：人生的希望、自我的价值就是——在路上。

也许日子平淡便是好的，我常常觉得只有在光明中看见黑暗的人才能真正体悟先生，只有在人生最疼痛的时候才能真正走进先生的心灵，理解先生，只有徘徊在人生边缘的灵魂才能真正与先生同道共行。只可惜，我只能沮丧，却没有勇气绝望，只能慢慢走近他，却始终不能走进他。因为生活还在继续，我还需要中庸，需要些平凡的温暖。

当日子一天天涌来，将光华覆盖，青春的激情正像杯中的烈酒一样慢慢挥发，生命在看似忙碌的步履中悄悄消耗着，终于发现了精神的疲惫，发现了人生的局限，发现了生命的种种不可能。也许只有当繁花落尽，才能看清绿叶下面扭曲的枝干；只有当水落石出，才会懂得平静下面暗藏的峥嵘。

浮世寂影

刚刚从《唐山大地震》的放映场走出来，走在雨后的夏夜里，心情和这天气一样潮湿、闷热，有种喘不过气来的感觉，隐藏着一种说不出的疼痛。

一个人最温暖的港湾是家，没有家的人就成了游魂，方登就是这样注定了一生漂泊的人。在被压在石板下面的时候，她用石头敲打着地面，发出求救的信号，可一块石板下压着两个生命，当必须放弃一个的时候，母亲选择了"救弟弟"，那三个字从此像利剑一样刺进她的心里，终日萦绕在她耳旁。她在父亲的尸体旁醒来，从运尸场里走出来，那时候她的心就已经死了，哀莫大于心死，致命的孤独感注满了她的血液，她失去了生命的依附。上了大学后，她未婚先孕，男友让她流产，她坚决放弃学业生下孩子，心中涌动的是对爱的渴望和对生命的珍惜，她懂得生命的含义。弟弟方达虽然失去了一条胳膊，但心灵是完整的，母亲选择了他，生命选择了他，应该说他是幸福的。

母亲元妮在不得不做出选择的时候，放弃了女儿的生命，从此背负了沉重的心灵十字架，终生得不到解脱。就像方达说的，二十三秒的天崩地裂，让她的心碎成了渣，房子可以重建，心灵的家园却成了一片废墟。三十二年来，她就守着那堆废墟过日子，她的一生都是支离破碎的，寻求心灵的救赎而不得。

鲁迅先生说："悲剧就是把有价值的撕碎给人看。"冯小刚更彻底，把绵绵的亲情撕了个粉碎，逼至人所能承受的极限。我突然明白，人生就是悲欢离合、爱恨情仇轮番上演的一场戏，有爱就有恨，不可能分得太清明。一个人可以被爱情抛弃，却不能被亲情舍忘，被亲情放逐就等于宣判了一个人的死刑。

地震中，方大强把元妮推开时，我流泪了；方登听到妈妈说"救弟弟"而绝望地闭上眼睛时，我流泪了；奶奶把只有一只手臂的孙子留给元妮时，我流泪了；方登退学后消失了，当再回到养父身边，养父发火时，我流泪了；母女重聚，元妮跪在方登面前向她忏悔时，我流泪了；当看到那一面刻有二十四万同胞名字的唐山大地震纪念墙时，我流泪了。

一场电影，赚足了我的眼泪。

每个人都需要成长，都在"被"成长

　　军旅作家王海鸰的新作《成长》在齐鲁晚报上连载，我断断续续地把它看完了。这是以母亲的视角来写一个男孩如何成长为男人的心理历程。王海鸰的笔触辛辣，带着对男性的批判和审视，作为女性作家的她能把男人的内心世界写得如此鞭辟入里，确实就像她自己所说的，从写作中达到了雌雄共体的境界。

　　很多人质疑《大校的女儿》就是王海鸰的自传，因为参军的时间、感情的经历几乎雷同。王海鸰虽然否认，但女主人公韩琳身上确有作者的影子，王海鸰也说她是借助韩琳来表达她对成长、对理想的追求。

　　《成长》作为一部绝对男性主义的书，也许正是她人生经历的伤痛所带来的警醒和审视。我总以为女人的成长在于瞬间，可能在瞬间，一个女人的心已经沧海桑田；而男人的成长需要一个漫长的过程，从牙牙学语到顶天立地，在坚硬的现实面前，没有人会给你太多成长的时间，除了自己的母亲。母亲对于一个男人来说是最伟大的女性，因为她给予你时间和空间让你成长，等羽翼丰满，允许你离开，从身体上到精神上的完全离开。也许你会感到剥离母体的阵痛，但母亲会长久地独自承担失去你的落寞和孤单，因为你离开了，就再也不会回来了。王海鸰说自己的手机上贴的是儿子的照片，儿子的手机上贴的是女朋友的照片，所以她明白即使是亲密如母子者，也应该各有各的人生。亲情和爱情各自占据着自己的领地，永远不可能相互替代。

无论是以军营还是社会为背景，王海鸰创作的主题都是针对家庭及男女关系进行探索的。一个男人饱经沧桑会收获人生的智慧，而一个女人如果凡事都要亲历亲为，则多少有点悲哀的意味，那是因为她没有依靠。"再强的女孩子都希望自己喜欢的人能比她强，能为她做主，让她能闭上眼睛不想不看，放心地跟着他走……"所以总会有些傻女人，傻傻的，纯纯的，不谙世事，让人羡慕，如娇艳的水仙被养在温室中，任外面暴雨狂风，自有那坚实的墙去抵挡。

"好丈夫得训练，你得给他一个成熟的过程。"王海鸰如是说。其实每一个女人都是一所学校，看她培养出来的学生是什么样，就大抵知晓这个女人的情性了。所以我觉得天下的男子要感谢陪同他一起成长的爱人，有多少女人会耐心地等待一个男人从少不更事到通达干练，而这种耐心又要经过多少岁月的煎熬和时间的流逝。鲁迅先生说："女人都有着母性和女儿性的，但却没有妻性。"母性就是忘我地爱泽于人，女儿性就是无条件地服从于人，所谓的妻性不过是母性和女儿性的混合，介于爱泽于人和服从于人之间的一种人格上的沦陷，我觉得大致还是有些道理的。然而，怎样为人妻又像是一张答案隐晦模糊的试卷，有多少人能满意地作答？感情不是取之不尽、用之不竭的源泉，平衡才是真理，单方面的无条件付出，终究有亏空的一天，就像王海鸰说的"夫妻就像跷跷板，你高我低，你低我高，才能玩得开"。

只要涉及家庭，就不能不提到孩子。孩子是家庭的主角，当女人成为母亲时，她就会彻底被改变了。在生活中，常常看到妈妈们只要聚在一起，讨论的话题几乎全是孩子，孩子成了生活的中心；父亲则不是这样。"女人的精神或可从孩子、从圆满的家庭中得到滋养；男人则不成，再圆满的家也不可能使他的精神真正得到满足，他们渴望更广阔的世界、更社会化的成功，那才是他们生命力和生气的原动力。"男人的舞台永远在家庭之外，即使做了父亲，也只是名义上的父亲，终日忙于工作而错过了孩子的成长。孩子像一株树苗，被爱和强制的汁液浇灌着长大，所以他们成长的过程如剥茧一般，幸福也痛苦。在对王海鸰的访谈中，她说所谓的青春叛逆期是因为家长没有能力跟得上孩子的成长，没有能力不如干脆放弃自以为是的教育资格，只单纯地做衣食父母，那样孩子至少能免于误导。其实我觉得孩子成长在哪个家庭多少也带有一点宿命的色彩，因为他的出生地是无法选择的，孩子会自觉不自觉地被印上家长的烙印，从衣食住行到思想，只不过深浅不同罢了。

　　一个家庭里面，父母、孩子、夫妻，这些关系就像一张错综复杂的网，每个人都担当着不同的角色。人生犹如一场场折子戏，能不能当个好演员，能不能游刃有余地变换自如，那就要看个人的本事了。

温煦的青草地

玉树抗震救灾那年，我第一次走进高原，认识了诗人温青。一别两年多没有见过。近日开文学研讨会，我们在济南重逢，没想到见了我，他开口的第一句话就是："你身体还好吧？"

我诧异地想他怎么会这样问我，便答道："很好啊。"

"从玉树回来，我一直心脏不好。"他淡淡地说，眼神飘向远处，仿佛在说着一件无关紧要的事情。

我心里为之一颤，一下子陷入回忆里，想起在玉树初相识的情景。从我第一次遇见他的时候，他就在生病，发着烧，一直到我离开，他依然一边挂着输液瓶，一边忙于方舱医院的工作，但始终坚守在那里，不肯撤下来。这次旧友重逢，自然又谈论起了玉树——那个让我魂牵梦绕的天堂，他的眼睛瞬间灵动起来，告诉我他在玉树写成的诗集《天堂云》即将出版了。

在一个秋雨绵绵的中午，我打开了《天堂云》，草原、村落、牛群，还有那美丽的姑娘卓玛，随着诗行一一呈现在我眼前，我在雄浑而不乏细致的诗句中走进了回忆。其实那段经历从来不曾走远，一直盘桓在我心间，时常不经意地跳出来，滋生出一片明媚，甚至幻化出某些超脱的意味。

有位诗人曾这样说："站在此岸的，站在彼岸的，我都认识，熟悉得很。站在河的第三岸的那位，才是诗人。"

温青就是站在第三岸的人，他是把诗歌当作生命来呵护，当作事业来担当，当作使命来履行的。他曾经在此岸和大地一起经历了剧痛，又在彼岸做着冷静的观视，最后他停止了穿梭，在第三岸把所有痛苦、悲伤、超脱用信仰和信念链接在一起，呈给世人看。

诗歌不是纪实性的文学，它是心灵的观照、情思的表达，所以诗歌才会虚无缥缈、空幻无形，看似与真实无缘，其实又是真的。诗之真是它的命脉，唯有真情、真诚、真言灌注其中，诗歌才会有生命力。《天堂云》用诗歌的语言真实地记录了那场灾难带给人们的心灵炼狱。在这之前，没有太多人知道那个偏远小城的名字，生活在那里的人们都像睡在深海里的鱼，宁静而安详，没有征服的欲望，也没有寂寞的苍凉，那是一座天堂。然而就是那一次大地的颤抖，让人们疾驰到了死亡的边缘：

云破碎了

天堂的门突然如此拥挤

我们之间也如此拥挤

一个相同的痛苦

在玉树的天空

愈加深邃

一般看来，叙事是对抒情产生着一定弱化影响的，虽然叙事并不是一种新奇的诗歌手段，但往往会带上沉重的语言枷锁，平庸，繁赘，失去了抒情的格调。但在《天堂云》中，叙事和抒情反而很好地融为一体，温青很懂得白描与减法的好处，繁复尽处是简单。整首诗似乎就在叙事，然而他又对美的控制力拿捏得恰到好处。诗行里糅进了对天堂的依恋与沉醉，对蓬勃生命力的热烈咏赞，也表达了灾难发生后天堂之路被湮灭的绝望，个体生命被灾难吞噬的恐惧，精神被放逐后无所皈依的迷茫，以及对信仰的重拾与坚贞的守候。总之那是一个特别的领地，雄浑奔放的歌哭穿透了层层叠叠的云雾，直指灵魂最深处。

真情乃诗的根本，诗缘情，温青肯定也是由动情而动心，由动心而动笔。在灾难面前，他由从容而超脱，找到了一种纯粹，心中的郁结全都随着高原的风散去，他写下了这样淡然的诗句：

我们原谅所有的厄运吧

包括那些山崩地裂的颤动

那些地动山摇的雷电

那些冰雪掩埋的泪滴

那些侵入内心的风寒

　　他并没有把"超越""理想""崇高"之类的词具象化，而是在一直寻找着抵御灾难的力量。从某种意义上讲，他已经找到了，在宏大的叙事当中寻找到一种更为宏大的精神意义的建构。

安静的苦难

由经幡飘入内心

那些身体的伤口开出花朵

吐出明亮的丝线

　　温青对灾难进行了另类的诠释，灾难过后，信仰不曾泯灭，也不曾改变，对灾难的承受和怨恨变成了谅解，心灵在经历了迷茫和无依后又找到了归宿，内心的冲撞渐渐平和下来。如果说这个世界喧嚣浮躁，滤去纷华，就应该回归纯净，经历了灾难的人们，依然虔诚地拥抱这片土地，开始接纳生活赋予他们的全新定义。

这是被天空拥抱的土地

这是被青草温暖的土地

每一块山石都是从经书坠落的英灵

它们历经一切

它们记录一切

它们无所畏惧

当阳光再次洒满山岗，照耀到山脊上的时候，每个人身体里不断搏动着的脉络都会抖落掉恐惧，每一颗渴望救赎的心都会挣脱梦魇努力朝着自由的方向飞翔。但明媚的阳光是不会变的，经幡依然是随风招展的，淳朴的人们依然坚守着信仰，走在艰辛的朝圣路上，他们懂得高原上的生灵永远不会被毁灭。

温青的名字本身就颇具诗意，总让我联想到这样一幅图画，和煦的阳光照耀着青青的草地，温暖，蓬勃，不乏希望。我甚至很贸然地想：那片高原是否就是他一直找寻着的精神家园，一直在找寻着的纯净？在高原上，他终于和它们相遇了，当他记录下那里的天、那里的山，捧起明灿灿的阳光，心底一定产生过强烈的共鸣。温青又是执着的，韧性十足，他对待什么事情都很认真，即使病重也坚持着不肯撤离，既是军人的姿态，也关乎着诗人的信仰。他的倔强很善良，他的执着也很真诚，他在用心去爱着那片高原，爱着历经患难的人们。或许在刚刚踏上高原的时候，心中所迸发出来的感情是即兴的，但绝对是真挚的，那片高原已经印在他的心里，我知道如果再有任务，他依然还会义无反顾地冲锋在前。

玉树——美丽和伤痛共生、希望和坚守共存的天堂。在那里，他找到了安放理想的圣地。

也谈生活与艺术

一个艺术家，或者说一个发自内心热爱艺术的人，总是站在刀尖上凌空起舞的，痛苦并快乐着。因为艺术是很难驾驭的东西，古希腊哲学家就说过爱情和艺术是最不听话的两个东西。所有行走在艺术疆界的人都时常经历灵魂被撕扯、被凌迟的痛苦。一个艺术家如果没有偏颇的性情，不能成其大，但每个人都想得到主流的认可，甚至想跻身主流的行列，因为行走于边缘总是会感到彻骨的孤独。所以，如何调和艺术中的尖锐与生活中的宽容，是一个问题。

在解放军艺术学院干部短训班里，有这样一位同学，自诩为书法家，我向他求一幅字，他立刻说："你给我多少钱？"我一时间如吃了苍蝇一般，顿觉令人作呕。有多少人行走在艺术道路上，却带着利欲凡心？常听朋友抱怨："艺术啊，文学啊，真没劲。"我却觉得很快乐，因为在我低迷的时刻，它给予我力量，支撑我走过坎坷。关键看你保持一种什么样的心态，不要总是奢求从艺术身上得到什么，要感激它的恩赐，你对它越痴迷，它馈赠你的就会越多。

创作的最佳状态是孤独。深度孤独，不带任何功利性的目的，它可以让你的作品如初生婴儿般纯净，纤尘不染，带来心灵的慰藉、灵魂的安适，这就是最大的赏赐。至于得到的赞誉和掌声，则都是多余的。

春天不只是用小草来表现，可以有蓝天、白云，也可以有映照在孩子脸上的明媚阳光；夏天也不只是用荷花来表现，可以有乌云、暴雨，也可以有吹走淡淡忧伤的清爽的风；秋天也不只是用麦田来表现，可以有红枫、落叶，也可以有涤荡在农民脸上的宽厚仁慈的喜悦；冬天也不只是用白雪来表现，可以有梅花、冰凌，也可以有清冷冬夜中高悬的一轮空月。要用包容的心态去对待生活与艺术，它们都是多维度、多视角的。

直面战争的沉殇

　　沈从文先生说:"一个战士要么战死沙场,要么回到故乡。"电影《南京! 南京! 》中,角川把老赵和小豆子放了,又把那个日本兵放了,让他回故乡。看着他们战战兢兢远去的背影,他无比绝望地说:"活着比死更艰难。"然后用枪对准了自己的脑袋,他原以为将枷锁套在了别人的脖子上,最终却了结了自己的生命。老赵和小豆子逃生了,等待他们的是什么? 躲得过这一劫,那下一劫呢? 角川同样如此,他掌握着别人的生死,但掌控不了自己的命运,躲不掉内心致命的脆弱,他无处逃遁。

　　鲁迅先生说:"希望是附丽于存在的,有存在,便有希望,有希望,便是光明。"在战火中九死一生的小豆子,被放生后露出欣悦的笑容,那是尊严的回归。他吹散一株蒲公英,飞出片片死而复生的希望，是啊，只要活着，就有希望。一个民族需要在战争中证明自己，罪恶不是生命本质的体现，罪恶在生命之外，侵略者的民族必将沉沦，正如海明威透过《老人与海》向我们阐释的真理："人生来不是被打败的，你可以消灭他，但你就是不能打败他。"《南京！南京！》带给我们对战争全新意义的思考，国家、信仰、道义这些宏大的字眼似乎都在淡去，喷涌的热血只为人之为人的尊严而迸发，而溅洒。

人性中的残酷、暴戾在战争的催化下迸发出来，以一种喷涌的不可遏止的姿态走向极致。《南京！南京！》像一场盛大的焰火晚会，侵略者的炮筒把国人的鲜血喷射成绚烂的烟花。那腾空闪起的光刺得我们睁不开眼睛，这些为战争而存在的生命，在对暴力的迷恋中才能找到生命的寄托，才能体验存在的快感。

血腥的场面挑战着人类视觉和心理的极限，我们只能眼睁睁地看着鲜活的生命在刹那间血肉横飞，亡国者的头颅挑在侵略者闪着寒光的刺刀上，战争使人性中的暴戾和残酷无限膨胀，激发出无穷的力量。透过硝烟，透过血光，拷问人性，也许战争只是一个载体，人虽渺小，人性中的残暴却如烈火般燃烧，烧出一个猩红的世界。人性总是在极致的状态下才能纤毫毕现地暴露出来，在极端的苦难下，人会从善如流；在极端的暴力下，人会作恶多端。

克劳塞维茨说过："只有当一个民族无愧于这个时代时，才有资格回顾他们光荣的历史和提到他们先辈的名字。"罪恶掩埋了他们的理智，激发了他们血腥的狂热，所以他们用侵略的铁蹄来践踏历史圣洁的身躯。当和平、幸福、爱情这些美好的字眼蒙上硝烟，只有刺刀的寒光能重新把它们擦亮。那是遥远而又永远横亘在国人记忆之维的历史，战争的意义被血泊浇灌后开出邪恶的花儿，花儿枯萎了，战争却傲然挺立，并被加上许多冠冕堂皇的理由，比如国家利益、民族精神、英雄主义，等等。当鲜血飞溅的战场沉寂下来，无论杀人的还是被杀的，都逃脱不了悲剧的命运。

　　生命逝去了，夕阳缓慢而坚定地一点点西坠，越过或贫瘠或丰饶，或喧嚣或寂寥的世纪，它依旧会在晨光熹微中从容升起。画面隐去了，我看到一个民族的鲜血浸透了或宏阔或平缓，或悲壮或恬淡的历史，如一朵炽烈的花儿在痛苦中绽放。如今，和平而又喧嚣的土地上，依然保留着残剑断刀的锈片，当然还有枯骨，中国人的，还有日本人的。呼啸的子弹穿越历史的回响，找寻着曾经的遗忘，找寻着战争的沉殇。

树的存在主义哲学

　　前不久，孔子亮相地球另一端的纽约时代广场，谦谦君子之风已经传遍全球。而济南离曲阜这么近，我却从未去过，于是选择周末去了孔庙、孔府和孔林。和所有旅游胜地一样，景区一派繁华景象，人来人往，熙熙攘攘。进入景区，那些石刻、石柱才都彰显出时间的久远韵味来，有一种时空交错的感觉。人们跟着导游呼呼啦啦地走着，我的视线却集中在那些古树上面，院子里古木擎天，虬枝交错，树身沟沟壑壑，皲裂的树皮像一道道伤口，切断了我的目光，暴露出时间的残忍。我突然觉得整个园林有着存在主义的气息。这些树已经站立了千年，有的已经死了，只剩下光秃秃的树干；有的几欲连根拔起，树根都裸露在地表之上了，用铁架支着。它们生在这座园中，就有了特殊的身份，还会被人为地赋予许多意义，或许它们已经累了。我由此想到全天下的树，不禁生出一种悲悯之情，无论安身在何处，它们都要承受霜刀雪剑和烈日狂风，要承受汽车尾气和马路尘埃，但它们只能呈现出达观的姿态。

笛卡尔说"我思故我在"，这些树呢，它们思过吗？是否也在经历精神的炼狱之后，超越苦难和艰辛抵达欢欣的彼岸？到达彼岸之后呢，是否又活成了一座孤岛？如果它们也是有思想的，是否在时间的洪荒中感受到了虚无？然而它们又不能选择自己的命运，不能像鸟儿一样在寒冬来临的时候南迁，也不能像落叶一样在斜阶下旋转着化为尘泥。年复一年，它们只能立在那里，在秋风中睡去，再伴着春光苏醒，默默地承受着岁月的更迭。就像西绪弗斯推着石头上山，再任由石头滚落，用执着和倔强对抗着虚无和荒谬，从另外一种意义上来讲，这又怎能不算是一种最残忍的责罚？

回来之后整理在曲阜拍的照片，我倚在那些树上，岁月被拉得悠长，阳光洒在我的脸上，也流进心里，每张照片的表情都很坦然，很淡然。再看那些树，仿佛站成了一部古老的神话，阳光敲打着叶的经脉，每一片叶的背后都链接着苍茫。

树下的我心境如帆，随风波动，幻想有谁可以走在时间的前头。

树梢隐现的光，距离我只有咫尺。

美与美的对接

世界上常有失败和胜利的交替，

幻象却永远保持着不败的魅力。

——《纸船》

　　周末看了一个访谈节目，是采访诗人屠岸的。我当时已经昏昏欲睡，但还是坚持看完了，光是听这位耄耋老人流利的谈吐和明确的表达，便知他身体很康健，思维很清晰。屠岸先生目光中透着一股柔和与文雅，还有湖水一般的静深。谈到诗，他的眼睛顿时放出光芒来，犹如被灿烂阳光照耀的湖面，说："诗使我灵魂崇高，诗使我身体康泰。"他说父亲、母亲、妻子、兄妹都没有这么高寿的，笑称自己是被上帝遗忘在人间的人。

小时候屠岸就从母亲那里得到中国古典诗文的滋养，母爱的温润连同中国古典诗歌的瑰丽在他心中留下了深深的烙印。上初一时他就写了第一首诗《北风》，母亲鼓励的目光送他走上了诗歌创作的道路。在写诗的同时，屠岸也尝试译诗。他的第一部诗歌译作是惠特曼的《鼓声》，出版于1948年，是在哥哥和他的未婚妻的资助下自费出版的。惠特曼是自由诗的创始人，之所以选择惠特曼，是因为有一定的象征意义。当时美国的南北战争中，惠特曼支持北方的林肯，南北战争以北方胜利而告终，屠岸以此来象征代表中国北方的延安、西柏坡将战胜代表南方的南京。

　　屠岸的名字是和惠特曼、莎士比亚、济慈这些光耀的名字紧密联系在一起的。屠岸说他从20世纪40年代起就对济慈的诗情有独钟，不仅是因为济慈用美来抗衡社会的丑恶，而且他们有一种生命的共通之处。济慈在二十二岁时得了肺结核，屠岸也在二十二岁得了肺结核，这在当时是可怕的病，屠岸把济慈当作跨越时空的知己。困顿的时候，迷茫的时候，济慈的诗就幻化为他与命运抗争的力量。"文革"时，在"五七"干校，他和妻子一起背诵济慈的《夜莺颂》《秋颂》，来驱逐心中的苦闷。所有的书被抄走了，但心中镌刻的诗是抄不走的，这些作品到现在他还能背诵。屠岸说他在翻译济慈的诗的时候，总有一种惶恐的心态，怕自己不能完全明了诗人的心思，同时也带着一种朝圣的心态，因为没有哪一篇诗作能像济慈的诗一样带有如此优美的音乐性。

　　屠岸说译诗对翻译者要求很高，不仅要将原作的形式传达过来，而且还要传达原作的神韵。他很推崇严复在《天演论》中讲到的"一名之立，旬月踟蹰"，可见其严谨和认真。翻译诗歌应该是两颗心灵的拥抱与碰撞，两种语言的撞击与交融。写诗凭着灵感，译诗则需要悟性，同为诗人，屠岸更能明了济慈的心。

屠岸的诗中常出现墓园、噩梦、监狱、亡友的哀容、阴冷的画面、破败的岗亭等意象，这都映衬了屠岸心中的忧伤和荒凉。那场政治灾难给他留下难以疗复的伤痕。他一生坎坷，历尽波折，我觉得他像一个被惊吓的孩子。他说他经常会做噩梦，梦见找不到出路，考试不及格。在妻子去世后，他一度又患了忧郁症，彻夜难眠。于是在心中默吟《琵琶行》的诗句，渐渐地，他的心灵恢复了安宁。

> 一株白芙蓉，静静地站在古墙旁，
> 每次走过，我总要对她凝视。
> 她始终静静地站着，端庄而矜持，
> 过后，她送来一丝淡淡的清香。
> 这一回，我又从她身边走过，
> 她的枝桠微微地倾斜向一方，
> 她神态依旧，就是添了点忧伤。
> 我久久地看着她，直到她面带羞涩。
> 我仔细审视：为什么她情绪异常？
> 一只花蜘蛛在结网，蛛丝把芙蓉枝
> 同傲慢、华贵的紫薇联结在一起。

我立刻动手，扯断了纠缠的蛛丝。

她立即站正了，腼腆中仍带着端庄。

我告别。她送来一阵浓烈的香气。

从这首淡雅清丽的《白芙蓉》可以读出屠岸对于生活的隐忍和宽容，他用善良、柔和、坚韧的大智慧化解着苦难，消解着悲伤。

屠岸写了一辈子诗，译了一辈子诗，却一辈子都不承认自己是个诗人。他在尽力用生命、美去拥抱现实："你所铸造的、所有的不朽之诗，存留在'真'的心扉，'美'的灵府，使人间有一座圣坛，一片净土，夜莺的鸣啭在这里永不消逝。"

爱是一种修行

在电影《非诚勿扰 2》首映式上，主持人问导演冯小刚：
"《非 2》有这么一句话，'爱是一种修行'，你怎么理解？"冯
小刚说，关于这句话他问过舒淇，舒淇是这么说的："爱就是面
对，不管是福，是祸，是苦，是甜，你都得面对，然后放下。"

我听后心里像有束小火苗闪了一下，这句话是有些禅意
的，像一口井，带着玄秘的深度。爱就要勇敢，不管你愿不愿
意，都得去面对，去抉择，去付出，去收获，然后释然。

这个冬天是个暖冬，至少现在是，在搬到这个住处的第二
年，我才发现陋室里竟然盛得下这么多阳光，它毫不吝啬地把
大半个房间都填得满满的，尤其是中午的时候。我看着细小的
微尘在阳光中或升腾或坠落，思绪也跟着起伏跌宕。想着想
着，心情就和屋里的光线一样明亮起来，原来是自己把忧伤

和迷茫夸大了，其实我并不孤单，一直在得到别人的帮助与关怀，只不过我像忽略阳光一样把这种强大的支持忽略了。

看过杨澜的一句话："爱情有时候也是一种义气，不光是这个人得了重病，或者破产了，你仍然跟他在一起；还有另一种是，当他精神上很困惑、很痛苦，甚至对你发脾气的时候，你依然知道他是爱你的。我经历过很多困惑，但我丈夫吴征就属于特别讲义气的那种，不管你怎么样，我就要跟你一块走。这种力量是很强大的，当你走过那段时，回过头你会特别感谢那个人。"

理想的爱情就应该是这个样，当你想起对方的时候，心里有温暖流淌，还有感激、感动和感谢，至少你不会随口就数落出他有多么不好，有多少做得不够，有多么粗心大意。爱情是一种机缘，两个人合不合适完全是巧合，尘世中这种巧合的概率并不大，所以爱情才弥足珍贵。就像徐志摩说的："我将在茫茫人海中寻访我唯一之灵魂伴侣。得之，我幸；不得，我命。"又有多少人是幸运的？爱情是让你觉得自己越来越美丽，而不是越来越可怜。爱情的本质是命运，不要强求，也不要奢求，不要试图去改变对方，合适就合适，不合适怎么改变也合适不了。如果发觉彼此不合适，无论有多么爱，有多么舍不得自己曾经的付出，也赶紧分开，苍白的爱最终会演变成浓烈的恨。这个世界上确实有很多阴差阳错，当你不了解的时候，你会爱上对方；当你了解了，你却要坚定地离开，因为对方永远都不会懂你，像两团云彩，相遇就会落下冰冷的雨滴。

只有经历过，才会懂得什么该去爱，什么不该爱，什么应该珍惜，什么应该放弃。因为真正的爱是一种内心的力量，对方会让你感觉温暖，给你支撑，让你觉得未来是美好的、有希望的，岁月是斑斓的，而不是只有白天的白色和夜晚的黑色。他会让你觉得无论受过怎样的创伤，慢慢地，你都能很坚定地去相信爱是真实存在的，然后勇敢地走在朝圣路上。

爱其实又很简单，是我们的内心太挣扎。有一段时间我很迷茫，不知道该往哪走，以为自己的生命被折叠了，不小心又重蹈覆辙，踩在了曾经走过的轨道上。现在渐渐明白每个人都只有一个人生，每一个人生都是不一样的，每一段人生也是不一样的。

人生中都会有很迷茫的时候，不要急于去做什么，让时间来沉淀过往。面对感情的纷扰，最高的境界就是超脱。超脱是执着和悲观相冲突的结果，也是和解的结果。爱会让人成长，也会让人变得宽容和仁慈，就是那句"因为懂得，所以慈悲"。一直以来，我在清醒的边缘做着不清醒的梦，总是很理智地把自己敲醒，然而不久就沉迷进去，因为温暖是一种无法阻挡的力量，让人无法抗衡，尤其在这个冬天。

在欣慰和苦涩同时泛上心头的时候，我才恍然明白，人原来就是这么长大的。

链

看到这样一篇文章，汉高祖刘邦称帝之后，原配妻子吕雉当上了皇后，她的儿子刘盈也顺理成章地成为太子。只是此时，刘邦已另有所爱，他最宠爱的戚夫人也有一个儿子，名如意，聪明伶俐，颇得龙心。高祖有意改立太子，让戚夫人的儿子继承大统。像所有皇室宫廷的故事一样，一场争权夺利的斗争在所难免。

刘盈的位置岌岌可危，吕后心急如焚，与千娇百媚的戚夫人争宠，她显然处于劣势，于是她想到了另外一条路，那就是最大限度争取文武大臣的帮助。当刘邦提及换太子之事，他们都坚决站到了"大嫂"一边，就连帮助高祖打天下、在其称帝之后隐居山林的四位元老都被搬了出来，坚定地力挺刘盈。

这一场争斗之中，单凭个人魅力，戚夫人无论怎样都在吕后之上，何况还有刘邦的恩宠，但是凭借"亲友团"的强力声援，吕后稳操胜券地赢得了天下。刘邦可以置发妻于不顾，却不能忽视她身后的团队。以江山社稷为重的皇帝，即便天下唯我独尊，也不敢一意孤行，以免最后落得众叛亲离的下场。

古为今用，借古喻今，同样的道理。当下社会中男人的选择也大抵如此。那些情场中败下阵来的女子，往往不是因为逊于对手，而是败给了强大的社会道德力量。社会总是朝着文明的方向发展，而所谓的文明就是强加在世上诸般事物之间的某种规范，这一点20世纪的福柯早就说明白了："衣食住行的规范，社会交往的规范，这些无疑是套在人类脖子上的枷锁。"如果有人想要挣脱这枷锁，就会被视为异类，所以走在秩序之内总比为了突出重围撞得头破血流要稳妥得多，更何况突围出去之后仍然发现无路可走。

中国式的婚姻大抵如此，我想起萧也牧写的《我们夫妇之间》。这是一篇具有温和生活气息和个人趣味的小说，出身于知识分子的男主人公李克表现了与战争时期非常不同的精神向往，他希望生活能有一些个人趣味，并努力培养劳动人民出身的妻子张英也能像自己一样去体验城市生活的情调。精神追求的差距让他们产生了矛盾，这种矛盾既是家庭性的，也是社会性的，男女主人公经过各自的调适后又重归于好。萧也牧敏锐地感觉到生活环境的变化与人的精神追求之间的关系，对于充满了内在紧张的意识形态来说，城市中处处布满了资产阶级的陷阱。叙述者不忘检讨小资产阶级情调，并写出了妻子的新变化。其实在我看来，现实境况中两人之间存在着不可磨灭的隔阂，哪里会融合，只不过在主流意识形态的逼压之下才会这样去写。

　　所以，围城外的觊觎者不要孤注一掷，当然不是爱情的分量太轻，而是另外一头太重，毕竟爱情不是万能的。

堡　垒

　　凌晨两点成了我最近的固定入睡时间，夜越深，我越清醒。整个城市像从沉醉中苏醒的水仙，吐着白色的花蕊。朔风吹走落叶，吹走繁复，干净了许多。如果四季有颜色的话冬季应该是白色的，经过四季轮回的喧哗与骚动后，它恢复了平静，净化成一张白纸，等待春色再次把它涂抹得姹紫嫣红。

　　时针划过零点，新的一天就开始了，昨天变成了时间新陈代谢后的废弃物。我是这样认为的，回忆是最没有用的东西，也许是我太过于世俗。时过境迁后，我就会刷去所有事件留下的残渣，这一点我有些心狠手辣。没有什么可以给我留下难以磨灭的记忆，即使是伤痛，我也有着超强的修复能力，因为慢慢地，心就有了橡皮的质地，绵软却油盐不进。

　　时间是绕不过去的东西，只是我没有留给自己等待的余地。如果说每个人的心都是一朵花，都曾经绽放过，那么我则过早地袒露了我的心扉，只是不知道会不会过早地凋落。

我还是很害怕下班后闻到楼道里飘出来的香气，尤其是在寒风中，这香气像是一幅有声音的画卷，引导着我的大脑向纵深延去。每当这个时候我就很想家，不只是为了饭菜。很久都没有收到母亲的信息，但我知道她现在很好，也知道她在如我牵挂着她一般牵挂我，更知道她不曾怨我，只是我们之间有着无法逾越的隔阂。每个人的内心都是一个小宇宙，隔阂是无法消除的，纵使是有着血缘关系的人。我也可以体谅母亲，她无法理解我的行为，我自己也无法理解，因为我像一个蹩脚的导演，本想执导一部唯美的剧目，最终却演绎成闹剧。曾经有一段时间觉得自己很可怜，现在觉得自己很可恶，也罢，没有经过省察的人生没有价值，反思是一件很有意义的事情。心情突然轻松了很多，欲速则不达，走得太急必然要失去一些东西。

看到有报道称美国的女权主义者已经发展到要和丈夫平摊狗粮钱、汽油钱的地步，我觉得有些滑稽，何必把自己搞得那么累？我觉得她们应该宣称："我们要平等，但不付狗粮钱、汽油钱。"何必非要让男人们活得那么舒坦和逍遥？该去做的，该去承担的，就让他们去承担吧。前几天一个朋友说，她的表姐离了婚嫁给一个算是有钱人的老板，抛弃了原来的家庭，全家人都指责她，可她还是去做了。她问表姐为何，表姐说了一句话，让她顿悟："即使这个世界上只有一个人可以去依靠，那么我第一时间会想到他。"我觉得也许这是最重要的，男人就是用来依靠的，女人最需要的就是安全感和依赖感，所以不必去和男人们一样争强好胜，只要保持人格的独立和生命的尊严，恰到好处即可。

不过说是一回事，做起来又是一回事了，传统价值观念和西方女权主义有时候会在我脑子里得到严丝合缝的融合，像一杯调制好的牛奶麦片，丝滑地缠绕在一起。有时候两者又像是在天平上相互竞技，究竟谁会胜出，我自己也无从知晓。

补　偿

　　窗外的雨淅淅沥沥，屋内的我对着桌上的金鱼发呆，看着它们一张一合的腮鲜红鲜红的，像是锦缎被划开了一道口子，不禁觉得惋惜和疼。其实惋惜纯属多余，它们那么快乐地游来游去。

　　转眼间已经到了暮春时节。记得刚过完年时，逢人就问："你失望吗？"得到的回答都不一样，但自己却觉得越来越活得没有烟火气息。没有自己的 ID，也找不到表达自我的方式，觉得所有的一切都不对路，生活在不断地为自己设置障碍，又要很费劲地翻越过去，就好比穿着高跟鞋却没有风光地走出一种敞亮的姿态，而是深陷在泥沼里，四顾茫茫，空洞、焦灼、麻木混合在一起，甚至会觉得虚无。人生的种种滋味从四面八方向我拥来，淹没了我，而我又想从中冲出来。但大多时候我

143

还是选择沉默，沉默会比张扬更有尊严一些，我这样认为。

不经意间看过这样一句诗："我要储备足够的温暖、爱和力量，以备有一天醒来，就遇到了你；我也要储备足够的冷漠、勇敢和坚强，以备有一天醒来，你已经离开了我。"对于我，很贴切。觉得自己的行为有时过于中庸，于是慢慢地沉潜下来，让内心扩展成一间屋子，屋外的流光溢彩和喧嚣浮华只是属于他人的风景，让爱憎分明的立场长成一堵墙，把纷扰挡在外面，屋里的风景只属于自己。不想与任何人分享，亦不喜欢被人像剥洋葱一样地钻研，把一层层皮剥掉，想探个究竟，其实心里空无一物。我渐渐地发现这样一种状态也很好，对所有事情都没有热情却又有所关切，对一些人喜欢却又刻意保持着距离。

沉潜也是一种生活方式，具有摒弃和预言的作用。摒弃就是自我修复和净化，意味着将过去剥离。在某种程度上，摒弃意味着遗忘，而预言是因为你一直向往着彼岸，一直用意念创造着另一种生活。有一天你会发现，你现在践行的生活已经被你在意念里预言过了，就像该来的终究会到来，过去的终究会过去，错位的终究会复位，抛弃的终究会远离。人生说穿了不过是一种补偿，补偿你所有的缺失与渴望，不为人知的爱与悲伤，生活点滴的感动和冲动，还有寻找完美的执着和理想。

存在的扁担

　　刚放假后我没有回家，曾经一直盼望能在喧嚣中寻一份宁静，在浮华中求一份安心，于是就在宿舍过了十几天独居的生活。由于是在暑假中，屋里静阒无声，屋外亦是万籁俱寂。由于天气炎热，加上没有按时吃饭，我在一个薄暮的黄昏晕倒了。醒来后，前所未有的恐惧和孤独像突然泻闸的洪水，铺天盖地向我涌来。第二天，我决定回到父母身边，那里始终向我张开着怀抱。

　　回到家后，我的生活迅速进入另外一种状态，我开始喜欢人声鼎沸的闹市，喜欢去感受街头小贩们简单而又知足的快乐；开始留恋和家人一起吃饭时萦绕在身边的温馨和轻松；开始动手去做饭、洗衣、拖地板，而不觉得不屑和庸常；开始喜欢胖胖的沙发，它永远那么温和，伸出抚慰的手迎接我，吸收我所有的坏脾气和焦虑，然后统统消化掉。

午后，窗外恹恹的阳光把我轻而易举地拉向颓唐的边缘。奋进与颓唐是人生的两种生活状态，然而脆弱的人们总是容易滑向后者。我现在不想做挣扎，歪坐在圈椅中，心开始变得如水一样空白而纯净，同时也感到虚弱与绝望像柔软的小虫一样在我身体里缓缓蠕动。

黄昏时分，大地吸走了白天的焦灼与狂躁，我的心情开始好起来。每当看到黄昏匆匆归家的人们脸上的自足和期盼，我就感到生活无比踏实。其实毫无诗意的烦琐就是生活的本质，而刻意追求诗意的过程就是在一次次艰难跋涉后去感受梦的幻灭。不要对自己太苛刻，善待自己，善待生活，学会去容忍生活的缺陷，因为人生本来就是不完美的。正因为不完美，它才能让人品味之后无比回味。

"三八"节有感

我从来不推崇女权主义，但在"三八"节来临之际，很想宣布加入女权主义的行列，也许我本来就很偏执。

曾有人大代表在两会上提出"全职太太职业化，做家务要付工资"这个话题。大多数男人脸上无一例外都呈现出愤怒的表情，几欲拍案而起。如此激动的态度让我惊讶，细想也是，触及他们的根本利益了，戳到他们的痛处了，能不急吗？全职太太职业化、家务劳动工资化其实都是女人在寻求一种安全感、一种自我保护的方式。试想，如果全天下的女人都生活在爱与温暖当中，又有谁愿意戴上一层厚厚的盔甲，做一枝带刺的玫瑰呢？然而这个愿望似乎和共产主义一样，目前只能遥想，这世上终究有太多不争气、不懂得怜香惜玉的男人。

这就像女人抽烟一样，大多数男人都反感，实际上有多少女人喜欢那辛辣苦涩的味道呢？烟是一种武器，缭绕的烟雾掩饰了女人的脆弱和恐惧。抽烟是一种姿态，向男人宣战的姿态。

以前上学时，每当讲起女权主义，所有的男老师都嗤之以鼻，抱着胳膊哂笑："折腾，任你们折腾，看你们能折腾出什么花样来？不好好做女人，非要和男人争个高低，谈什么'女权'？本来就是死胡同一条，难道你们还想为它谋一个光明的前程？"也许女权主义本来就是一个悖论，也许终究注定是一场闹剧，甚至是悲剧。但如果没有压迫，哪来的反抗？还是会有出走的"娜拉"，只为了自身的尊严。

上帝造就了男人和女人，于是有了爱情，有了扯不断的纠结，有了无法言说的痛。也许女人太低估自己了，一开始就把自己摆在弱势群体的位置。在爱情里，从来都像个孩子企盼从大人手中得到糖果一样，在不停地要，或者像个小丑费尽心机地表演，只为讨得对方欢心，而从未想过对方是否愿意主动给予。或者女人太高估自己了，希望男人们众星捧月般围绕在身旁，实际上，如果不是各取所需，没有哪个男人甘愿俯首称臣。

有时候在一瞬间，我会突然觉得自己已经很老很老了，老得已经无力再去挣扎，在这之前，我一直以为人的心都是慢慢变老的。一句话就可以泯灭过往，所有的情感都会被轻而易举地否定，有时候付出所有去坚守的爱情，最终却变成了一场闹剧。我认为一个男人无论贫穷还是富有，优秀还是平庸，既然选择了去爱，就要努力付出，而不是总想着索取回报。

"三八"节的夜晚，天气骤冷，风敲响一扇没有关紧的窗，飘零了春天的愿望，我的悲伤逆流成河。

女人之为女人

丁玲的《三八节有感》发表于 1942 年 3 月 9 日，几十年过去了，依然有着跨时代的意义，我觉得无论岁月怎样变迁，有些东西却是相通的。文章中写道：

"第一，不要让自己生病。没有一个人能比你自己还会爱你的生命些，没有什么东西比今天失去健康更不幸些。只有它同你最亲近，好好注意它，爱护它。

"第二，使自己愉快。只有愉快里面才有青春，才有活力，才觉得生命饱满，才觉得能担受一切磨难，才有前途，才能享受。这种愉快不是生活的满足，而是生活的战斗和进取，所以必须每天都做点有意义的工作，都必须读点书，都能有东西给别人，游惰只使人感到生命的空白、疲软、枯萎。

"第三，用脑子。最好养成一种习惯。改正不作思索，随波逐流的毛病。每说一句话，每做一件事，最好想想这话是否正确？这事是否处理得得当，不违背自己做人的原则？是否自己可以负责任？只有这样，才不会后悔。这就是叫通过理性，这才不会上当，被一切甜蜜所蒙蔽，被小利所诱，才不会浪费热情，浪费生命，而免除烦恼。

"第四，下吃苦的决心，坚持到底。生为现代的有觉悟的女人，就要有认定牺牲一切蔷薇色的温柔的梦幻。幸福是暴风雨中的搏斗，而不是在月下弹琴，花前吟诗。假如没有最大的决心，一定会在中途停歇下来。不悲苦，即堕落。而这种支持下去的力量却必须在'有恒'中养成。没有大的抱负的人是难于有这种不贪便宜、不图舒服的坚忍的。而这种抱负只有真正为人类，而非为己的人才会有。"

这篇文章在当时发表后引起了极大的轰动，也受到了质疑和批评。整风运动中，许多人对丁玲的这篇《三八节有感》和王实味的《野百合花》提出批评。在一次高级干部学习会上，毛主席最后说："《三八节有感》虽然有批评，但还有建议。丁玲同王实味也有不同，丁玲是同志，王实味是托派。"这句话保护了丁玲。

在那个时代，丁玲无疑是前卫的、有思想的女性代表，她写道："我自己是女人，才会比别人更懂得女人的缺点，但我却更懂得女人的痛苦，她们不会是超时代的，不会是理想的，她们不是铁打的。"丁玲以自己女性视角的敏锐和知识分子的良知，揭开了社会肌体上的恶瘤。

如今读这篇文章，依然觉得意蕴深刻，女人应该自立、自强、自爱。文章仿佛一面镜子，可以审视自我，不知道从什么时候开始，我变得越来越娇情，有一点挫折便觉得人生灰暗，总觉得自己就应该被关怀，被照顾，被体贴，可谁又有这种义务和责任呢？其实想想在奋斗的环境里，生活会多一番乐趣。

我看到过这样一则故事，女孩在图书馆看书，觉得冷，打电话让男朋友送衣服过来。男孩说，玩游戏呢，拒绝了。这件事情让她郁闷了两天，男孩送了件礼物表示弥补，说至于吗？她说，不至于。但她后来记得自己多带衣服，如果哪天忘记了，即使冻死也不再叫他送。

大多数女人身上都有猫的天性，小猫在撒娇或者做错事的时候，需要别人的安慰和教导。如果这时主人打击了它，它会狠狠记住，不再犯。

女人都应该有猫一样的自尊，特别是陷入感情里的女人，在别人看来无关紧要，其实她只需要理解和爱护，这一点自尊其实就是你对她的在乎。

我记得一句特别经典的话："有时候女人需要一个男人，就像逃机者需要降落伞，如果此时此刻他不在，那么以后他也不必在了。"这句话我深有感触。的确是这样，如果某一时刻你不在我身边，如果我不再对你撒娇，不再对你任性，不再对你发脾气，而是报以礼貌的、含蓄的微笑，刻意保持着距离，那么就意味着永恒地远离了。

怎样为之女人，是一件很艺术的事情，独立和依附之间，总有那么一点扯不清的游移。

头发短了

凡是剪发的时候，大多都是要决心了断的时候。古人是不能随便剪发的，《孝经》里说："身体发肤，受之父母，不敢毁伤，孝之始也。"出家之时要剪断"三千烦恼丝"，叫剃度，意味着了却尘缘；革命之时要断发，以期许一个光明的新社会；发誓的时候也要剪发，表示绝不反悔。头发就代表着脑袋。三国时期，曹操在一次巡查时，他的马受惊践踏了路边的农田，按照他自己制定的法律，这是要斩首的，但因为他的特殊身份，便割了一缕头发代替砍头，以示法律的公正，可见头发的重要性。现在剪了短发的我，像是突然挣脱了束缚，总有一种想要造反的冲动。这冲动像海潮般一浪高过一浪，把我的内心搅得天翻地覆。

话说这晚开完会已经接近九点了，领导下了命令，必须剪短发，明天统一接受检查。出了门后我心里七上八下，同事不停地打电话过来，问刚才开会有没有通融的余地，我说没有，必须剪。

我们在理发店门口会合，她说，这头发我留了六年，不舍。我亦不舍，但只能服从命令，做什么都心甘情愿，因为在我心里这身挚爱的军装已经没有什么可以替代。

到了理发店，她先剪，我坐在门口翻着杂志，匆忙地选着发型，身旁的音箱里突然传出一首老歌，记得从我上大学时就听这首歌，却从没有像今天这般认真地听过，一种宁静开始在内心流转。

看看镜中纷落的长发，有一种慌乱，再没有什么能掩盖我杂乱的思绪，也没什么能遮挡我的表情。

夜极静，不忍惊扰那一份佯装的清醒，害怕把一切看得太透彻，看透了会更不忍面对我平白无故被荒废的青春。只是从这一刻起，我只忠于自己，世界上最难做的就是评判是与非、对与错，如果有标准、有坐标，一切都很简单。

第二天上班，男同胞们一脸幸灾乐祸的表情，嘴里却说着恭维的话："哟，这不挺好看吗？"会有人怜惜这剪掉的缱绻柔情吗？不会，他们不会懂。有些东西在这个秋天永远地失去了，一如我的长发。

悬浮于远方

无意中看到和我同屋住的女孩床架上放着一本书，名字叫《女人的资本——幸福女人的七大品牌》，上面有一个梦想清单，这个十九岁的女孩记录了她的梦想："和一个心爱的人结婚，有一个幸福的家和一个可爱的宝宝，生完宝宝后有一个稳定的工作……"很简单的梦想，透露出女孩美好的期盼。

梦想，这个从小学课本里就跟随我们的词语，近在咫尺又遥不可及，似乎永远是彼岸的存在。张着蒙眬但又清醒的眼睛，看着我们一步一步向它走近。在这个有着明媚秋阳的下午，我出差回来，洗掉一身尘埃，无意中触摸到时间那青蛇般的皮肤。每天都在混混沌沌地过，梦想——我好久都没有认真思考过我的梦想是什么了，伴随着不断的成长，我的梦想也在变动着。

总想去触摸那些金碧辉煌的梦想，和这个女孩简单的梦想比起来，我的梦想似乎有些太过于贪婪。

我想拥有一座白色的房子，进门有一个空旷的大厅，门前有一片花圃，盛开着姹紫嫣红的花。

我想让所有的人都只看到我淡定而从容的微笑，而痛苦和忧伤只在深夜的一隅随月光轻轻流淌。

我向往绝对的安宁，希望在我需要安静的时候能有独处的空间，去慢慢品味孤独。

我希望可以无拘无束地做自己想做的事情，而不用欲盖弥彰。

没有思考的生命是寡淡平常的，有企盼的人生是精彩丰饶的。擦亮希望的眼睛，让梦想的明灯照亮人生的方向。

烟花般的孤独

有一段时间，我很向往后现代式的生活，那些或精致或前卫的人儿，像一朵朵璀璨而又颓败的花，在霓虹灯的映射下绽放，妖冶中透着迷离，散淡中透着蛊惑。

于是，毕业论文做了 20 世纪 30 年代与 90 年代的上海叙事比较，30 年代十里洋场的奢华与颓靡和 90 年代酒吧舞场的前卫与另类，在我眼中都有着敏感而不可靠的美，它所散发出来的气息和我生命中的某些特质不谋而合。像一面镜子，清晰而又敏锐地映射出我内心所暗藏的东西。

开始动手写论文时，我总时不时地陷入虚无与迷茫之中，不知道那些流连于灯红酒绿、纸醉金迷的灵魂，他们到底想要以狂欢的沉醉去表达什么，反抗什么。冰冷的理性，芜杂的人生？抑或终极的邈远？飘浮在都市上空的灵魂像一团团雾霭，遮蔽了我的眼睛，我因读不懂其中的迷惘与焦灼而时时感到幻灭的悲哀。它无法给我光明的力量，却牵引着我单向度滑入虚无的深渊。

我常常在午夜梦回时突然醒来，内心的焦虑汹涌而至，它在瞬间覆盖了我，连喘息的机会都没有，安宁成为一种奢望。夜晚是可以依靠的，它其实很温暖，看似深不可测、神秘、充满玄机，实则像水一样柔软，它总是以博大的胸襟去包容人类的罪恶，以深邃的颜色去遮盖世间的污浊，它比太阳下的天空更纯净、更坦诚。

我喜欢夜色，喜欢它被装点后的任何一种容颜。异彩纷呈的霓虹灯影让它妖冶鬼魅，风情万种。隐约闪烁的万家灯火让它褪去铅华，还原本真，温情的等待让人感动得几欲落泪。"雪月空明"则更是至上境界了，有了"天下皆醉我独醒"的开阔与澄明、豁达与超脱。

夜晚是可以让人沉静下来的。心无旁骛，独坐窗前，看窗外月色如水，心中的焦灼不安渐渐被这夜色抚开，熨平，突然就有了"宠辱不惊，看庭前花开花落；去留无意，望天上云卷云舒"的旷达与淡定。

夜晚也是可以让人飞扬起来的。所有的绚丽都只为心情而准备，思绪翻转翻飞，信马由缰，让暗淡的黑夜熠熠生辉。

梦想成为泡影并不可怕，可怕的是没有梦想；救赎的愿望落空并不可怕，可怕的是无可救赎。当思想遁入精神的真空地带，一切都成了空洞的能指、幻化的符号。

春暖花开的季节，我穿越喧哗，孤独如烟花般散落。

内　敛

　　新版电视剧《红楼梦》带着盛大的阵容横空出世时，惹尽世间非议，关于新旧红楼之争暂且不谈，先说说主角贾宝玉。87版贾宝玉断不与社会同流合污，最后出家；新版贾宝玉在逆境中头悬梁、锥刺股，考取了功名，力挽狂澜，拯救了一个家族。不知曹雪芹如知道这些，会做何感想。曹雪芹出身大家，后家族败落，可谓尝尽世间冷暖，也许他的初衷只不过想告诉人们，人生百年，只不过是一个绮丽的梦，或灿烂或悲凉，最后空空去也，而新版《红楼梦》中宝玉的命运则更具有现代性。

　　我由贾宝玉想到怎样评判一个男人，不禁也想小议两句。"心胸像大海一样宽阔，气势像大海一样豪迈，性情像大海一样刚健"，这些都是形容男人的佳句，但我觉得一个优秀的男人是不该用大海来形容的，好男人应该像一潭深湖，沉静、稳重、内敛是不可或缺的品质。

这个社会很残酷，男人所要背负的远远要比女人多。男人是靠实力说话的，不是会吟两句"春花秋月何时了，往事知多少"，就显得超然拔群，也不因会颠勺，做一道珍馐佳肴而卓尔不凡。当然，如果可以面面俱到则更好，但阴盛阳衰的时代，男人越来越萎靡，女人则带着巾帼不让须眉的豪迈，不可一世地夺了头彩。

我总觉得一个想要有所建树的男人，要远离文学，一旦沾染文学气息，就会变得喜欢意气用事，悲春伤秋，失去了理性，头脑都被牵到感性那边去了。如果喜欢文学，也要抱着冷静的态度，能够从文学情境中出入自如，贾宝玉就是个很生动的例子。现在有这样一句话颇为流行，"好男人应该像包子，把精华的部分藏在里面；好女人应该像比萨，把优点展示在外面。"乍一听这话是调侃，仔细想想却也不无道理。如果一个男人总是为了儿女情长哭哭啼啼，动辄把自己的伤口展示给别人看，说自己的心已经被划得伤痕累累，仿佛因此就增加了一些沧桑感，生命的底盘上就抹了些沉重的色调，在我看来确实是很幼稚的事情。男人流血不流泪，有什么苦楚就埋在心里吧，让它慢慢化成促进新生的养分。

好男人一定要内敛，无论取得多大的成绩，哪怕功成名就，都不可吹嘘。常常能看见这样的人，满面赤红，一身酒气，嘴巴里面跑火车，天底下就没有他办不了的事情，或者一副激情昂扬外加历尽沧桑的表情，大谈自己能走到今天这一步，曾付出了多少别人不曾经历过的艰辛。内敛是一个男人最优秀的品质，也是彰显一个男人魅力的地方。顺境时不必夺尽风光，得意忘形；逆境时不会怨天尤人，萎靡不振，无论何时，始终保持着如菊般的淡定从容。

愈美丽，愈罪恶

我总认为这个世界上最可怕的事情不是死亡，不是病痛，而是衰老。岁月无时无刻不在侵蚀着身体，这是一种温柔的伤害，看不见，却入心入骨。时间的脚步永远从容，留下的回声却抹不去焦灼。

突然想到一部电影《西西里的美丽传说》，那是一场由美丽引发的灾难……

1941 年，当整个世界都笼罩在"二战"的硝烟中，西西里岛上依然宁静如初。一个谜一般的女人打破了宁静与安详，她穿着超短裙、黑色丝袜、高跟鞋飘然走过小镇的马路，所有男人都为她倾倒，为她疯狂；所有女人都因为她的出现而黯然失色，忍受着羡慕和妒忌的折磨。

这个谜一样的女人叫玛莲娜，她有着一双如水般圣洁清澈的眼睛，却不知身后已是暗波汹涌。小镇上的人们早已编织了一张妒忌和欲望的网紧紧地将她套牢，无处逃遁，她只能选择沉沦。如果人生来就是带有原罪的，那么愈美丽的女人愈罪恶。美丽给她带来万劫不复的灾难，她没有了食物，只能以身体为代价去换取，男人们都去关心她，都说爱她，其实爱只不过是欲望的借口。当"二战"结束后，镇上的女人带着不可遏制的嫉妒和报复心理把她拖到广场上，撕破她的衣衫，玛莲娜发出绝望的哀叫。这是一场人性的较量，爱美之心，人皆有之，但美丽幻化为现实，人们却用残暴的手段将它扼杀，让它绽成一朵彼岸的花，永远无法抵达；这也是孤独的悲诉，没有人真正爱过她，当她被一群女人殴打，所有的男人都保持了沉默，玛莲娜的美让他们垂涎三尺，但当得不到时，他们选择了毁灭。玛莲娜只有抱紧自己，发出撕心裂肺的哭喊，从那一刻起，这个美丽的女人从世界上消失了，她变成了一段传说。

　　当有一天玛莲娜挽着在战争中失去了一条胳膊的丈夫再次出现在小镇上的时候，她的妖艳、魅惑、万种风情全都荡然无存，她不再是一个异类，而是和小镇上的女人一样，体态臃肿，衣着普通，只是她的眼神依然纯净如水。这个小镇重新接纳了她，女人们都热情地和她打招呼，表现出极大的热情，当她身上所有的异质都被销蚀了，人们便向她敞开了温暖的怀抱。她曾经的美丽被岁月尘封了，如果有人提起，这就是一段美丽的传说；如果没人提起，它将永远被遗忘。

　　这就是美丽带给一个女人的灾难，但所有女人都愿意为了美丽不惜一切代价，都愿倾其所有去和时间抗衡。

皂罗袍·新曲

原来姹紫嫣红开遍，似这般都付于断井颓垣。良辰美景奈何天，赏心乐事谁家院。

——题记

我照例在凌晨三点准时醒来，恰好这时手机突然响起，是朋友粼粼，当时我正借着台灯幽暗的光盯着墨绿色窗帘发呆。窗帘像个巨大的黑洞，散发着瓷质的、冰冷的、空旷的气息。粼粼也许只是试试看能不能打通，没想到我接了电话，那感觉就像是她在荒凉的戏台上唱着独角戏，在水袖甩出转身的一刹那突然遇到了我，又像是两条鱼游过水岸，琥珀色的身子闪过对方的眼睛，带着些许落寞的颜色。她的心思，我懂。

这个时候，夜都睡了，粼粼不再是那个永远留着卷发、每一根发丝都迸发着蓬勃生气的古怪精灵，而是很安静。她很瘦，皮肤是脆脆的、瓷白的颜色，一根青筋蜿蜒曲折地通向太阳穴，全身柔软得像是没有骨头，芯子里却是硬邦邦的倔强。粼粼对生活保持着高度的热情，像一个透明的瓶子，收集着全天下最绚烂的色彩，然后把自己涂抹得姹紫嫣红。有时又感觉她是一幅名贵的油画，斑斓的色彩背后隐藏着不肯屈就的孤傲。

而此刻，她心里长出的却是被雨淋过后褪色的荒凉。

她比烟花更落寞，只能在午夜悄悄放大了伤口给自己看。她还在期盼，期盼不经意的回眸，能看到更绮丽的风景。

粼粼说她懂得不该被世俗的尘嚣蒙住眼睛，只是自己的心像一盘散沙，很想有个容器把它装起来，好有个自己的形状，但是没有。明天温度降到零下十二度了，心却麻木得感觉不到冷。

在这样一个干冷的冬夜，我却觉得粼粼的心像被淋湿在潮闷的雨天，我知道在几个小时之后的清晨，她依然要投入另外一种漂泊。

挥　手

　　我最近睡眠不好，晚上睡不着，白天醒不来，起初是想用咖啡提神的，可一下子迷恋上它的味道，并且上了瘾。忽又想到过量喝咖啡可能对身体不好，想戒掉竟有些难度了。戒，就是摒除，就是抛弃，就是隔绝。这是一个很复杂、很艰难的过程，难以戒掉的除了咖啡、烟、酒，还有爱情。

　　已到了满地黄叶堆积的深秋，光阴轧过，发出吱吱嘎嘎的碎裂声，秋天是已经老去的春天吧，一同老去的还有那些往事，在寒风中枯瘦、委顿。只是回忆老了，心还在期待着。

　　爱情是死不了人的，它只不过在你最痛的地方狠狠地扎上一针，哪怕痛得几近窒息，你依然会活着，不完美但完整地活着。我始终只信任一种感情——日久生情。在一起时间长了，彼此就会有感情，相濡以沫的感情。至于一见钟情之类，不过

166

是一时兴起罢了。秋雨打湿了诺言，冬雪飘散了年华，我沉溺在余温犹存的梦里不肯醒来，迟迟不肯忘记的，是那些正在以缓慢的速度变僵硬的温暖。这座城里，我们只是过客，曾带着羁旅天涯的孤寂互相温暖，这一座何时许下地老天荒的城，却在淡漠中无声无息地沦陷了。爱情回来过，只做了短暂的停留，以后的岁月里，甚至连短暂的停留也省略了。我依然在跋涉中，行囊中装满了各种各样的故事，唯独没有自己的。

有些路注定只能一个人走，清醒地爱，还不如糊涂地活。因为爱着就不会清醒，清醒了就不叫爱。爱情就是一场幻觉，一旦识破，就会灰飞烟灭，空寂寥。曾经畅想过未来，也约好一生一起走，只是当空间离散了彼此的心，诺言在时间的河上越飘越远，谁又能知道下一个渡口我们是否还能重逢？

我一直在挥手——告别时间，告别伤害，告别失望，告别爱的，还有不爱的。挥手是告别的姿态。

天边，一只鸟儿飞过，那应该是一只寻觅归巢的鸟儿吧，尽管倦了，依然要驮着沉重的过往和对未来不可预知的恐惧，飞着，飞着……

春节——感恩节

当钟声悠悠回响，我不禁悄悄思忖，我们全都滚滚奔向永恒的家乡。

——尼采《返乡》

临近中国最盛大的节日——春节，人们开始背起鼓鼓的行囊，踏上返乡的路程，浩浩荡荡的返乡大军拉开了集体狂欢的序幕，天寒地冻、山遥路远都阻不断回家的脚步。回家，是一个永恒的话题，是国人永远的精神向往，是对传统文化价值的一种复归和对亲情的坚守。面对那急于归家的心情和迫切的目光，有一种感动涌上我的心头。

消费主义时代的都市是粉尘、光亮和噪音的集合体，街道和商铺永远兴高采烈，永远神采奕奕，像一个巨大的磁场吸引着人们争先恐后地拥进来，但五光十色终究化为浮光掠影。在经历了视觉和听觉的轮番轰炸后，岁末集体狂欢的场所却是温馨的家乡。这是生命本质的情结所系，是在动态主义的欢庆中对纯洁的回归和对团聚的渴望。

偶然听到这样一句话"春节就是感恩节"，觉得耳目一新。细想想，确实是这样的，站在岁末的门槛上，回首走过的岁月，应该感恩亲情。"云无心以出岫，鸟倦飞而知还。"是亲人殷切的目光收纳了归家的身影，是家庭宁静的港湾涤荡了奔波的疲惫，是亲情强大的动力扬起了前行的风帆。

回首走过的时光，也应该感恩岁月。一位60年代初出生的人感慨："我们小时候衣不蔽体，食不果腹，但回想起来童年却是丰富多彩的、有想头的，每每忆起来，心里都布满密密麻麻的喜悦。看现在的'80后''90后'，却替他们感到压抑，被时代的重压捆绑成了'粽子'，活得倒不如我们那时候自由和轻松。"诚然，一个时代有一个时代之欢欣，一个时代也固有一个时代之磨难。无论什么样的年代，成长的脚步总是在快乐和痛苦中迂回穿梭，岁月增加了生命年轮的密度和厚度，让人成长和成熟。无论是快乐的，还是悲伤的，经过岁月的洗刷后，不能忘却，不忍忘却，不愿忘却的都是时间积淀下来的精华，是成长的沃土，是攀登的阶梯。

历尽寒暑晨昏，一年中的惶恐与向往、进步与倒退、激进与坚守、成败与得失，在年尾都画上了句号。统统放下吧，统统释怀，让团聚的喜庆把心情染成春天的颜色。

归

　　下午母亲接到一个电话，每晚和她一起散步的阿姨要回娘家，告诉她晚上不必等了。挂了电话，母亲有些怅然："人家回娘家了。"

　　"晚上没人和你玩了。"我逗她。

　　"唉，我也没地方去。"她脸上出现很孩子气的表情。

　　一句话让我不知道说什么好，姥爷去世多年，姥姥也于前年去世了，她确实没有娘家可以回了。我和父亲也取代不了姥姥姥爷，虽然耄耋之年的老人生前需要的只是她细致入微的照顾，但那种情感是任何人都取代不了的。

　　"我也回老家吧，去帮人家收玉米。"她好像在自我安慰，又接着说，"要不等你回济南时，我跟你走吧。"

　　我说："好啊。"

母亲三十年没有回过老家了，姥爷去世后，姥姥就跟着儿女一起生活。母亲最近一次回老家，是去安葬姥姥，那也是我第一次去那个地方。

墓地对着的就是老屋，年久失修，院里长满了杂草，到处是岁月斑驳的痕迹。父亲围着院子走来走去，找寻着曾经的记忆。我在后面跟着他，一边听他断断续续地说着从前的事，一边想象着母亲的童年和少年时光。

自从安葬了姥姥后，就勾起了母亲回老家的念想，每年清明节都要回去一趟。远房的一个舅妈就住在老屋的隔壁，每年清明节一大早，就把屋里屋外打扫得干干净净，洒上水，等待我们的到来。

父母渐渐衰老，我却总像个长不大的孩子，这种照顾与被照顾的身份早该置换了，却不是一下子就能转变得过来，需要时间，或者需要心理的沉淀。他们从心里一直把我当个小孩，我就这样一直扮演着被照顾的角色。前几天父亲来看牙，这是我工作两年多后他第一次到我的住处。我煞有介事地在小屋里给父亲做饭，不到一刻钟就做好了对于两个人来说还算丰富的晚餐。父亲很是惊讶，说："你什么时候学会做饭的？"我洋洋得意地说："不就做个饭吗，还用学？"饭后，我收拾餐具，听见父亲给母亲打电话说："在家的时候咱不让人家动手，没想到人家这么利索。"我听了，心里美滋滋的。

我不愿让父亲走，可不出一两天，就觉得这家务活看着简单，其实很烦琐，干脆去门口的饭店点了足够吃两天的菜，打包回来。

父亲去看望曾经在一个医院工作的同事，人家说："你以后就来这儿得了，反正闺女在这。"

从医院出来后我问父亲："是不是你和妈以后来了，逢年过节我就不能回老家了？"

父亲说："那是哦，我们都不在那儿了，你还回去干什么？"

我想了想说："那不行，你们还是在老家吧。"

父亲来了，但还是感觉这里不是家，就像住在旅馆里一样。每当放假，回家都成了一种既定的仪式，觉得假期因为有了往返才变得有意义。父亲问我有没有融入这个城市，我说没有，除了单位附近，再远一点我就不认识路了，觉得这只是我工作的一个地方、人生的一个驿站，没有归属感。

父亲说："假如以后让你回老家工作，你愿意吗？"我说，愿意啊，愿意的。回家是一个人挥之不去的情结，家是不可替代的情感归宿，是心灵靠岸的宁静港湾。处于现代社会生活中的人，面对日新月异、快速变迁的社会，心理上始终有一种漂泊感，需要一种精神归属，这种心理空白就需要回家去填补。

周末和父亲回到家中，看着屋外的月季花开得盎然，不禁有一种满足感。我想，有爸有妈，有童年的足迹和少年的记忆，家里还能翻出小时候穿的开裆裤和中学课本，这才构成了家——真正意义上的家。无论走多远，它都坚守在回望中，停靠在记忆里。

我抬头看了一眼天空，看到匆匆行走的云彩，发现它行走

172

的速度如此之快。是什么让它这么匆忙，是风的催赶吗？还是时间的流逝？

回家路上的尊严

40天的时间里，要承受28.5亿人次的巨大迁徙，这就是春运。售票大厅里，没有过节的喜庆，放眼望去，污浊的空气中散布着或焦虑或失望或迫切的表情，有人说春节回家就是一次体能锻炼，拼体力，拼时间，拼精神，忍饥挨饿不说，到最后还是一票难求。无论平时我们对生活的质量要求有多高，在这个时候都降到了最低值。排十几个小时的队，弯着腰，弓着背，如果能上厕所就太好了，能喝上一口热水就感恩戴德了，如果再能吃上一点热的东西，那简直是至尊享受了。

春运背后反映的深层意蕴令人深思，为什么会出现这样规模庞大的迁移？除了传统文化价值观念在人们心中根深蒂固外，一句话，经济决定一切。中国经济发展不均衡，地区差异迫使人们背井离乡去发达地区淘金。在外忙活一年了，辛劳一年了，一定要回家吃个团圆饭，这又是一种巨大的心理需求，比物质需求更迫切，更能给人以力量。这种刚性需求，没得商量，而输送能力却跟不上，就造成了现在的局面。

回家的办法各种各样，铁路、航空、公路，当然最令人关注的是摩托车大军。省钱是骑摩托车回家的最大理由，路途的遥远、迷路的风险、安全的隐患都被回家的热切湮没了，人们甚至变得失去了理智。寒冷、冰冻，都无所谓了，只要能回家，什么都不在乎。一位坐在摩托车后座上的打工者妻子说，她把所有的衣服都套上了，刺骨的寒风还是吹透了她的身体，但只要想到能回家，心里立刻变得温暖起来。怎样让回家变得有尊严，已经没有人考虑了，也没有人去深究了，为了回家，什么都可以放弃。

如果尊严可以不考虑的话，那安全就是最底线。这已经到底了，不能不考虑，时刻注意安全的意识还是要有的，如果命都没有了，一切都成了空想。如果不支持他们骑摩托车回家，他们会选择其他的道路，所以在"理"的前提下也应该掺入"情"，毕竟国家不愿意看到喜庆的日子里平添伤痛，所以才会有警车开道、服务站救急、志愿者支援等各种暖心行动，让人们在路途中提前感受到家的温暖。

面对浩浩荡荡的迁徙大军，我只能祝福回家的人一路平安，能在除夕夜之前赶到家里，吃个团圆饭。

就此老去

今晚难得有空闲可以静静地缅怀姥姥。姥姥走了二十天了，明天就是她的"三七"祭日，我竟然还未给姥姥写过一篇祭文，心中不免又徒增一份愧疚。

姥姥身体一向康健，不料突发脑栓塞，我被母亲急急召回时，姥姥已经陷入重度昏迷。她躺在病床上，连日的药物注射使她看上去通体透明。姥姥侧着头，像是一个任性的孩子在赌气，任我怎么唤她，都只是沉睡。记得那日萧萧黄叶翻飞，像是一只只挣扎的手，发出偃旗息鼓的叹息，处处是萧瑟落寞的景象。

当日凌晨一点多，母亲突然闯入我房间，我正挣扎在梦魇的边缘，梦中的我四处寻找出口，可回应我的只有冰冷的拒绝。母亲把我摇醒说姥姥情况不好，我迅速赶到医院，只看到空空的病床，姥姥已被转入重症监护室。所有人都进不去，只有医生和护士在里面，那道冰冷的门其实就是生与死的分界线。

我们只能轮流在重症监护室外守候。一日我值夜班，凌晨四点多时，困意袭来，我便起身到走廊里活动一下。这幢大楼是新建成的，各种设施都非常先进，现代的科学气息和怪异的死亡气息混杂着、对峙着。以前没有扩建时，旧楼内整日川流不息，现在新楼建成，同样人满为患。时代越来越进步，但病人似乎越来越多，在疾病和死亡面前，无论什么样的人都显得那样渺小和无助。深夜的医院阒寂无声，只有我的脚步缓缓飘过，发出阵阵回响。走廊内黑影憧憧，似是死去的亡灵在楼道内游荡，地下一层是太平间，地面上是在死亡线上挣扎徘徊的人们。

因学校有事，我匆匆返回济南，等半月后再次见到姥姥时，她安详地睡在一片阳光里。舅妈说姥姥由深度昏迷转入浅度昏迷了，我喜出望外，心想总算化险为夷。第二日，我因尾骨错位，在家休息，没有去医院。第三日就是元旦，2008年的第一天，姥姥也步入了她的本命年，这一年她九十六岁，可凌晨五点多，姥姥却永远停止了呼吸。我悲痛欲绝又突发奇想，姥姥会不会突然醒来，我把这个想法告诉了母亲，她觉得我疯了，但我还是悄悄回到太平间，把姥姥推了出来。我一声又一声地呼唤着姥姥，可她却真的再也醒不过来了。

接下来的几天，我眼睁睁地看着姥姥被抬上灵车，眼睁睁地看着她被送进火化室，前方就是一个烧焦的黑洞，姥姥在等待着一次酷刑。任我怎么撕心裂肺地哭，也不能唤回逝去的时光和即将在此岸消失的魂灵。以前总感觉死亡离我很遥远，其实近在咫尺，并且我领受了它极致的残酷和冷漠。

姥姥的骨灰安放在老家的骨灰堂。我抬起头看天边，残阳如血，想着生前姥姥最爱热闹，而今晚却要在空旷的屋子里度过，不禁再次泪流满面。母亲说自从姥姥病重后，他们一直没有时间回家找祖坟，等找到祖坟后，姥姥将入土为安。我想，到那时有阳光雨露、清风白云陪伴着，姥姥将不再孤单。大地是人类终极的归宿，而人类本身也将化为大地。

陪伴我们成长的那些人、那些事儿

　　回望二三十年前的中国，已经有些遥远，我们从那个时代出生，一路走来，伴随着一路阳光，伴随着美好的憧憬和向往。曾经有人这样形容上世纪八十年代："一方面是理想、追求、拯救、承担、激情、淳朴、使命、信仰；一方面是空泛、贫乏、天真、宏大、浪漫和膨胀。"激情和困惑交织在一起，虽然五味杂陈，却足够深入人心。岁月弹指一挥间，往事像无数个闪烁的路标，把曾经走过的路点亮。那些人，那些事儿，像一个个小小的阀门，一经打开，便涌出鲜活的记忆，串起美妙的青春。

　　那是个激情飞扬、万象更新的年代，处处都带着改革开放的勃勃生机，"脱贫致富"成为绝对的流行语，长期被饥饿和困顿折磨的中国人一心一意想过上好日子，抹平历史的创伤，以经济建设为中心。当时，哪个村里能出个万元户，是一种无上的光荣。"万元户"这个称谓既是衡量经济社会发展的指标，也代表了当时生活的幸福指数，是人们追求物质生活最直接的体现。小时候，我们的作文总是这样写："放假跟随爸爸妈妈回到阔别已久的家乡，一进村，就不认识路了，原来泥泞的小道被宽阔的柏油马路覆盖了，低矮的房屋被明亮的砖瓦房取代了，家里有了电视，还安装了电话。我一定好好学习，天天向上，为建设四个现代化贡献自己的力量。"

那时候一到冬天，窗户底下就会堆满大白菜和煤，院子变得很狭窄，只留了一条过道，摆在餐桌上的主菜永远都是白菜豆腐炖粉条。我们没有办法在院子里跳皮筋、丢沙包、跳房子了，于是就转移到马路边上。

要不我们就在马路边上折纸飞机。纸飞机的折法非常简单，但都想与众不同，最大的分歧大概在于飞机头的部分是尖的还是扁的。折好的飞机扔出去之前要在嘴边哈一口气，仿佛这样就能给飞机增加动力，可以高远地飞出漂亮的弧度，像一只白色的鸟一般优雅。谁的飞机像抛物线一样一头栽倒在地上，那肯定会遭到嘲笑。校园里经常是飞机遍地，最后惹得老师震怒，罚我们放学不准回家，在学校打扫卫生。长大以后，再看到和我们当年一样大的小孩玩纸飞机时，总会把这小小的玩具和希望、梦想、幸福之类的词联系在一起。当我们看着穿校服、戴小黄帽的小孩向天空扔出纸飞机时，心里不禁一阵悸动。也许当年我们看着从指间滑出的纸飞机飞出或完美或失败的弧线时，就多多少少地在潜意识里放飞过我们的梦想吧。

那个时候有一堂课是思想教育课，我们心目中的英雄就是雷锋和赖宁。我们在周末学雷锋做好事，去给孤寡老人挑水、做饭，而且专门去偏远的郊区，似乎只有在那里才能找到需要我们帮助的群体。可到最后教育课演变成了我们的一次集体郊游，带着火腿肠、健力宝，还有虾条，一路走一路吃，欣赏着路边的风景而忘了出发的目的。

我们成长的年代是大众文化从萌芽到壮大的时代，文化生态从单一走向多元，喇叭裤、录音机、卡带几乎成了时代的象征。比我们高几年级的年轻人迅速地拥抱了这种生活，他们恋爱、打架、抽烟。青春和成长，初恋和暗恋，离家和回家，分手和心碎，总会不期然地关系到某一首歌或者某一个人，邓丽君、小虎队成为记录那个年代个人情感的符号和标志，沉闷单调的中国瞬间变得五彩缤纷。

那时候还没有电脑，电视机有着当仁不让的霸主地位。我们这群小孩放学回家就抓紧写作业，然后相约去有彩电的小朋友家里看电视。我们最喜欢看《西游记》《新白娘子传奇》《射雕英雄传》，看完之后再把毛巾被裹在身上，扮演唐僧、白娘子或者蜘蛛精。谁扮演得比较像，大家就集体出资，去学校旁边的小卖部买一毛钱一袋的酸梅粉，或者两毛钱一块的大大泡泡糖作为奖赏，然后看着人家在羡慕的眼神中自豪地吹出来大大的泡泡。

现在走出国门的人在异国他乡看到肯德基的牌子会有一种熟悉感。那个时候，有谁能去一次肯德基，在门前留张影，便可以成为在学校炫耀的谈资。原味鸡、鸡汁土豆泥、沙拉、面包、可乐、汉堡都价格不菲，去那里也只能尝尝鲜，一次消费能吃掉爸妈半个月的工资，谁也不敢放开肚皮吃饱。如今肯德基和麦当劳已是遍地开花，一条马路上走几步就是一家，早已褪去了高档消费的光环，但是它们作为最早进入中国的洋快餐品牌，给那个时代打下了最初的西方烙印。

让我们感受西方精彩文化的当然还有英语。刚学英语时，走到哪儿都要拽两句，英语课本上的那些名字记忆犹新。韩梅梅留着齐耳短发，文雅温和，智慧善良，很像一本正经的女干部，相比之下，活泼可爱的露西和莉莉俩孪生姐妹更招人喜欢。李雷，平头短发，一看就是那种正统的中国式好学生，不过他并不是那种死板的书呆子，也很喜欢玩，和那两个外国小男孩是死党。还有那只可爱的鹦鹉，总是少不了它营造愉悦的氛围。

历史像一条裹挟着泥沙汹涌流过的大河，宏大的历史潮流不会关注个体生命在时代的中的呐喊、激动、苦闷与幸福，不会记得我们曾经被改变的生活，但正是那些看似微不足道的细节，构成了最鲜活的记忆。历史在上世纪八十年代以前一直是连续的，进入八十年代后就呈现出断裂和离散的态势。它不仅是一个时间概念，也是一个历史阶段，意味着一种社会风势、文化情态，就像我们不断回望的"五四"一样，那是一个令人精神焕发的时代。它所馈赠给我们的美好点滴，永远都不会被遗忘。深爱那样的岁月，因为淳朴和简单，它沉淀下来一种无法替代的品质，永远驻足在我们心里。

期　待

今天发了获奖证书，我获奖的是那篇《传承的丰碑》。下午我走访了几位老干部，回来时看着浸满落日余晖的天际，突然想写点什么，关于老人。

自己写过的文章里最喜欢的就是《传承的丰碑》，我曾经把它发给《解放军文艺》的一位主编，她看后说这篇文章太空蒙了，没有具体的事件。事实上我对爷爷的记忆少之又少，甚至只有几个镜头定格在回忆里，翻来覆去地想，还是那几个，我甚至不记得他跟我说过什么话。爷爷在我心目中从来不曾鲜明过，已经模糊成稀疏的影子，我只能凭着父亲的描述来勾勒爷爷走过的坎坷岁月，心中涌动的是对崇高的向往。

下午走访的几位老人都年逾八十，有一位还穿着旧军装，他们的脸就像一块布满沟壑的田，大块的老年斑记录着岁月的风霜，眼中散开的是灰蒙蒙的射线，目光中甚至已没有了焦点，他们关注的重心是我们最容易忽略的——身体健康。每日的生活就如这冬日的下午，宁静祥和，那几位没有老伴儿的，家中透着孤独和冷清，生活只剩下日子。生命被岁月洗礼、漂染过之后，由繁复走向了简单。

人老了，心却走向澄阔和辽远。几位老人都很真诚，每到一家，主任都给他们介绍说："这是小孙，新来的。"爷爷奶奶用手指着我，仿佛要下很大气力才能记住我，他们重复着"小孙"，接下来的一句是"再见面肯定又记不得了"，我们都笑了起来。老人说的是实话，几分钟的见面对于他们的大脑来说，就像天空中飘过的一抹雁影。

"马上要过年了，孩子们都要回来，冷清的家里会重新热闹起来。"老人说着，眼中充满热切的期盼。父亲曾说过，父母对孩子的感情永远超过孩子对父母的感情，我不知道这话对不对，也许是对的。如果是对的，又很残忍。就像我发信息和母亲说过年不回家了，要去旅行，她不再像以前那样阻拦，而是问多久回来。我说大概年初三以后吧，她没有说可以不可以，只是嘱咐我买好中药，让药店煎好封成小包。因为我最近身体不适，在喝中药。我能感觉出她在听到我过年不回家的消息后内心的失落。那一瞬间，我打消了所有的念头，回信说："逗你的啊！过年怎么能不回家呢？"她很孩子气地说，昨晚她失眠了。我说："早就答应过你们的嘛，每年都会和你们在一起除旧岁，迎新年。"她高兴地说，她要去买年货了。没有话语的交流，我都能感觉到她雀跃的心情。我的一举一动都牵扯

184

到她的神经，她的世界变得越来越小，而住在她心里的我却被无限放大了。我在想，如果我不回家过年，她是不是连年货都懒得置办了？

　　还有几天就是春节了，即将回家的年轻人，你们的心情是否和父母一样充满着欣喜和期待？回家陪老人，是最温情的过年方式。

目　送

　　我按下车窗玻璃，和站在车外的母亲道别。母亲站在那里，平时的严厉早就被一脸的不舍取代。父亲则坐在副驾驶座上，每次离家，他都要让我把他带到离家只有几百米的超市门口再下车，说是去买点东西，其实他从来不逛超市，只不过想再多陪我两三分钟，短短的两三分钟成了他最珍惜的时光。父亲在路边下车，又嘱咐了一句："把车窗关上，风大。"我点点头，在后视镜中看着父亲的影子越来越远，我的眼泪无声地流了下来。我把音响打开，大声地唱歌，想让心情变得和回家时一样开心，可滑落的泪水证明我根本改变不了心情。

　　有多少次离家，就有多少次这样的感伤，时光如白驹过隙，十年过去了，岁月模糊了记忆，但每次离家和回家时的情景、父母亲送我接我的情景都记忆犹新，历历在目，反复在我脑海中闪烁。

第一次离家，父亲送我到千里之外的湖北上学，第二天中午他陪我吃完午饭，说下午要回去了，我才意识到这个陌生的城市里只剩下我一个人了。我到宿舍后又走回校门，父亲走出校门又走回来，我们在学校门口再次相遇。父亲摆手示意我回去，我泪眼婆娑地看着他，他把脸背过去。我知道，他哭了。谁都不肯先离去，最后还是父亲送我回了宿舍后才离开。

现在，我在离家很近的城市工作了，稳定下来，有了自己的小宿舍，总觉得这不叫家。尽管父母渐渐老去，但仍然觉得他们给我的是最温暖、最坚实的依靠。

就像龙应台在《目送》中写的那样："我慢慢地、慢慢地了解到，所谓父女母子一场，只不过意味着，你和他的缘分就是今生今世不断地目送他的背影渐行渐远。你站立在小路的这一端，看着他逐渐消失在小路转弯的地方，而且，他用背影默默告诉你：不必追。"

其实和父母在一起的时间不过十几年，当你走出家门去外地求学的时候，可能今生就没有一块完整的时间给予父母了，忙着谈恋爱，忙着找工作，忙着成立自己的小家，父母站在时光的这头，成了越来越远的过往。

总以为他们的眼睛永远到不了你所想到达的远方，他们的脚步永远无法丈量你的梦想。其实你在去远方追逐梦想的时候，他们一直守候在梦开启的地方。

我们都把父母遗落在身后，时光绵浅，岁月深重，渐渐地，岁月不知疲倦地加注于父母一个苍老的身体和一颗孤独的心。我经常听到毕业后又回到父母身边的朋友抱怨耳边总是充斥着没完没了的唠叨，其实我想他们是最幸福的。

隔　阂

今天母亲过生日，我专门请假赶回了家，数天前就归心似箭。如果母亲不过生日，我也想回家了，因为每天都是一个人面对空荡荡的房间，很孤单，无论多晚回去，打开房门迎接我的总是一室漆黑。经常想念和父母一起吃饭的温馨时光，想念母亲做的菜，我甚至能逼真地勾勒出它们的形状和味道。

我本来打算给母亲买一件衣服作为生日礼物，再买一个小蛋糕。因为全家人都不吃奶油，只买一个小的，有这么个意思就行了。

我用商量的口气跟母亲说："我给你买这个行吗？买那个行吗？"母亲一概否决了。昨晚我又问，我们去哪个饭店好呢？母亲不想去饭店，说前几天一家最大的包子连锁店因为从东北运来狐狸肉替代猪肉馅被查封了，出去吃饭太不安全了，还有央视刚刚曝光面粉里有增白剂，火锅里有添加剂，等等。我也很不喜欢外出吃饭，心想在家吃也好。

一大早起来，父亲首先说了一句："今天你妈妈过生日，我们都不许惹她生气啊！"我说，好。可不一会儿就有了分歧，我和父亲的意思是精心准备几个菜，中午喝点酒，可母亲非要包饺子，还包了两种馅的，忙忙活活地包完了，又简单做了几个菜。父亲去煮饺子，我捏起一个饺子尝了尝，咸了，想起刚才母亲调馅撒盐时那大刀阔斧的样子，忍不住埋怨起来。父亲说，等会儿吃白菜馅饺子吧，肯定不咸。可不一会儿就听见厨房里传来父亲无奈的笑声："有过之而无不及。"

我们一起埋怨母亲，母亲也生气了，冲父亲嚷道："今天我过生日，你应该做饭给我吃的。"我们这才反应过来，今天是母亲生日，不应该埋怨她，可一点过生日的气氛也没有了，我想说句生日快乐，也没说出来。

饭后我和父亲收拾碗筷，他悄悄地对我说："这顿饭让你妈妈搞砸了，咱俩本来想着好好为她过个生日呢。"他说这话时也许带了点个人情绪，因为他本来就不爱吃饺子，但我也觉得索然无味，去年还像模像样地给她过了个生日，今年却不如去年。我说要给她买衣服，她说她的衣柜里已经放不下了。我说要出去吃饭，也只不过为了换一个就餐的环境，让大家有些新鲜感，调节一下气氛。不光是过生日，好多事情都是这样，你本来兴致勃勃地精心准备，想把自己的心意表达一番，可对方就是不领情，或者说对方只是一味推脱，而忽略了你的感受，根本不能理解你的心意，这是一件很可悲的事情。

这让我想起某些小说或者电视剧里的情节，太太在丈夫加班回来之前特地化了妆，换了精致的睡衣，或者为丈夫准备了精致的晚餐，希望看到对方的眼睛里能冒出点小火花来，结果对方却视而不见或者不屑一顾。虽然亲情和爱情不同，但其中的失落是相同的，你想为一个人做的，对方全然不接受。

人与人之间的隔阂是要经过沟通消解的。无论是父母和孩子，还是妻子与丈夫，不要觉得你不求回报，就是伟大的、无私的。爱是相互的，理解也是相互的，所以天下的父母们，当孩子想把哺育的恩情回报给你们的时候，不要去拒绝，也不要去推脱，不要冷却了一颗炽热的心，本就是应该得到的，坦然笑纳就好。

当我写完这些文字的时候是下午四点半，还有时间，我已经决定出门去订蛋糕了，待会儿餐桌上会有生日的烛光为母亲点亮，我会亲手煮一碗长寿面给她。晚饭后再去给她买一件礼物，不管她接不接受，只要不超过午夜十二点，一切都还来得及。

懂　得

　　母亲节将至，也该为自己的母亲写点什么。

　　五一长假刚过，我回到济南，心情依然波荡，每次离家心中总是萦绕着一丝不舍，往往延续几天后才能平息。不知道别人有无这般体会，也许自己是个神经太过于敏感、纤细的人。

　　即将放假之时，母亲总是充满了期盼，可每次回去，总免不了发生一些争执。她极不喜欢我的性格。回想起大一时，我写信给家中："离家后方体会到，可怜天下父母心。"母亲的回信中充满了欣慰，有一句话我至今记忆犹新："我很高兴女儿又变得如小时候那样乖巧听话。"我收到这封信后觉得母亲好笑，人的性格会随时间而改变，怎能返回到童年？其实我知道这是母亲的愿望，在她内心深处，始终渴望我能长成她喜欢的模样，温婉、文静、乖巧、贤淑，而我恰恰相反——突兀、倔强、固执、肆无忌惮，并常常为此付出代价，四处碰壁，头破血流仍执迷不悟。但我喜欢自己的勇敢，至少我是坦然真诚的，一直在倔强地用自己的方式表达着所有情感，并心甘情愿地付出而不计较得失。

于是，在母亲眼中，我坚硬得如一块石头，哪怕万劫不复，仍不肯服软。我和母亲之间似乎总缺少着一种柔和，即使散步时都是并排行走着，我从没有亲密无间地挽过她的手臂；每次回家我总是大笑着给父亲一个拥抱，却从没有给过母亲；我还经常会夸张地向父亲大倒苦水以得到怜惜，却没有向母亲撒娇企求过安慰；当我沾沾自喜于别人的赞扬，母亲常会报之不屑的一笑。我为之很苦恼，母亲也为我感到无奈，我们之间似乎有着一条无法逾越的鸿沟，我常常悲哀地想我们是永远无法融通的。但每次离开家时，她又成为我心中挥之不去的牵挂，想到她，我的心即刻被一种柔软包围起来，轻柔地摩擦着我的神经，滋生出温暖的情愫来。

我从来没有向母亲表达过这些，但我知道她一直懂得。

只是一种情绪

　　从北京回到家之后，父亲就在沙发上睡着了。十年前他送我去上学时，提着大大的行李箱健步如飞；十年过去了，父亲日渐衰老，再一同出门时，我才发现不知不觉中角色已经互换了。我开始习惯照顾他，出门给他拎包、带水，有台阶的时候下意识去扶他一下，其实我知道他根本不需要扶。

　　母亲照例散步去了，每晚都是这个时候，雷打不动。洗完碗，我也疲惫不堪地坐在沙发上，拂了一下头发，已经长了很多，坐在沙发上，开了小灯，黄腻腻的灯光涂满了整个房间，像大块大块的奶油，带着一种牢靠的温暖，哪里都不如家好。

　　思绪又随处飘，飘回北京，在北京的大街上、地铁里，随处可见胖得如球一样的男人女人，看着他们挥汗如雨，那些迸溅的汗珠像是一条条鲜活的鱼，带着潮湿的腥味堵塞了我的知觉。我越来越喜欢瘦削的身材，无论男人女人，第一眼就给我无与伦比的好印象，因为轻盈和灵动。

在北京的时候偶然认识一个年轻的男子，他说他回家的第一件事就是给爸妈做饭，我惊叹，看人家多孝顺，我也学学。回到家，我赶紧去买了棒骨，配好葱、姜，熬了一个半小时，炖出来的汤似白玉，兴冲冲端上来，爸妈咂了咂舌，没说啥，但这汤喝了两顿还剩大半。

我依然不气馁地下厨，把红茶沏好做奶茶，南瓜蒸熟做南瓜饼，他们都不屑一顾，我忙活半天费力不讨好，不禁也觉得索然无味。整理厨房时，发现以前给爸妈带回来的东西都生了虫，还飞出小蛾子，我看着食品袋里的小虫扑棱着翅膀，心里也生出一丝感伤。我们的生活习惯已经大不相同了。

沿着视线的河

临到春节，济南开始全时段堵车，堵车更堵心，虽然到处都在挖掘民俗，电视里也在大肆烘托着年味，但怎么看怎么像是自个儿逗自个儿乐，越来越觉得没意思。今天一大早我脑子里突然闪现出小时候过年的情景，越想越觉得回味无穷，便写了下来。

小孩最开心的莫过于吃、穿二题。母亲在某一天说要给我买衣服了，就拉开了过年的序幕。母亲给我买衣服还是很舍得花钱的，都是带我去百货大楼买，那里的东西在全市是最贵的，质量有保证。

百货大楼离我家不远，母亲骑车带我。自行车前面有横梁，母亲先骑上去，我再跳到后座上。后座很高，那个时候我胖得像个球，从家门口就开始跳，常常快到十字路口了还没跳上去，好不容易跳上去坐稳了，就听母亲说："快下！"不得已我又跳下来，等绿灯亮了再跳上去。坐车不亚于搞一次体能训练，到了目的地我已是满头大汗了。

百货大楼的一楼是食品柜，母亲通常会先给我买一块山楂糕或一串糖葫芦，然后再带着我去三楼买衣服。那个时候还是柜台，不像现在是自选式的，衣服都一字排开挂在柜台里。顾客你看上哪件就让服务员拿，服务员大都是三四十岁的阿姨，忙不过来，往往态度也不是很好。我看上的母亲看不上，她看不上的我又偏要，母亲也很强势，非要买她喜欢的，到最后不得已我哭哭咧咧地跟在她后面走了。到了一楼再给我买些稻香村的点心带回家，这个时候我又暗暗高兴起来，盼着回家吃点心，快乐就是这么简单。

我和住我们家后院的几个小孩玩得很好，两家一墙之隔，我们在墙底下堆了砖头，可以一翻就过去，省得绕很远。她们的姥姥一到过年前就来帮着拾掇，炸丸子，炸藕盒，炖肉。有一次我们在一起玩，到中午了，姥姥炖了一锅牛肉，然后给自己的外孙女们每人分了一根骨头，我站在那里，也很想吃，但姥姥很小气，没有给我，我只好翻墙头回家了。家里刚刚炖好了鸡，但我特别想吃牛肉，跟爸妈闹了半天，到现在我还记得她们家那一锅热气腾腾的牛肉。

大年三十下午，我帮着爸爸打扫院子，贴对联。初一五点多我就会爬起来，美美地穿上新衣服，放完鞭炮，吃完饺子，就该挨家挨户拜年了。天还是黑黢黢的，碰到人也看不清是谁就冲人家喊过年好。大人们都夸我的衣服好看，我是很忌讳别人说我胖的，但我确实超重了，同龄小孩都还六七十斤的时候，我就接近一百斤了。谁要是说我胖，我就会把脸拉得老长，街坊邻居也都知道，就专拣好听的说。也许是心理作用，再看看身上的新衣服，我觉得很漂亮，心里暗暗庆幸听了母亲的话。父母继续去拜年，我就和一群小朋友去公园了，一路拿着摔炮边走边扔，如果把路人吓一跳，心里就更高兴。

公园和动物园是连在一起的，有打枪的、套圈的，还有哈哈镜、滑梯、电动转椅，我们都玩儿上一遍，把十块钱压岁钱花得所剩无几，就买几根糖酥棍去动物园喂猴子、黑熊，然后逗逗鹦鹉。最后我觉得公园里实在没什么可玩的了，就开始往回走，回来的路上再买两毛钱的糖稀，拿两个小棍子缠啊缠，焦色的糖稀就变成白色的了，快进家门的时候一口塞进嘴里，家长不让吃这个，说不卫生。

大年初一这天看到太阳，心里有点失落落的，在我的意识里，太阳出来了，就意味着年过完了。于是就盼望着大年初二，大年初二是回娘家的日子，我们都去舅舅家。大年初三去姨妈家，其实我就是凑热闹。姥姥家的孩子们就属我最小，哥姐们聚一起，也不跟我玩，有时我还会受点气。但姥姥那有好吃的，很稀罕的东西，我主要是奔着这个去的。

爸爸会在下午没事的时候拉上我出去遛遛，碰到路上有卖糖人的，就给我买一个，并嘱咐只能看不能吃，不干净。我跟在后面，趁他不注意就舔一口，等他回过神来，我已经舔完了。只要能往嘴里塞的，我都来者不拒，不像现在这么挑食。那个时候还没有地沟油，也没有毒奶粉，虽然没有现在这么多花样百出的吃食，但总体还是让人放心的。

常听五六十年代出生的人回忆起小时候的事，他们觉得最好吃的就是猪油蘸馒头，甚至还会半夜爬起来偷猪油。猪油是吊在房梁上的篮子里的，一不小心打翻了，浇了一身，不敢言语，赶紧再钻回被窝。还有那炼完猪油剩下的渣，炖白菜、煮面条，味道比现在的山珍海味都要美。最好玩的就是模拟打仗，自封师长、团长，在麦秸垛上、猪圈旁就开战了。武器就是弹弓、泥巴，孩子们打得不亦乐乎。他们说现在的孩子就是一只只圈养动物，还有什么快乐可言呢？在回忆起这些事情的时候，他们脸上带着少有的兴奋，是这个世界上快乐的事情越来越少了，还是我们感受快乐的能力越来越弱了呢？

现在很多人都离家千里，过年回家成了一次艰难的迁徙，但家终究还是要回的。想起一个成语叫"莼鲈之思"，西晋文学家张翰一日见秋风起，想到故乡吴郡的莼菜、鲈鱼脍，于是弃官还乡。看来无论什么年代，人们多么忙，回家的车票多么难买，家乡的味道总让人留恋。

无涯的圆圈

　　我想过个不一样的春节，但又没想出任何新意，还是乖乖回了老家。

　　除夕夜，噼噼啪啪放完鞭炮，吃完饺子，我突然想到街上走走，看看空无一人的城，大概一年中只有今晚城市的街道才会有别样的景致吧。记得十年前的除夕夜，父亲带我去火车站，说："你可以观察一下匆匆回家的人。"暮色中寒风瑟瑟，马路上空无一人，商铺全都关门了，只有清洁工还在扫着马路。

　　今天我突然还想再去感受一下空城中那繁华落尽后的丝丝寂寥，母亲却不让我出门，说除夕夜往外跑，小心爆竹崩到你，我还是坚持出去走走，父亲执意要陪着。我们两个出了门，大街上依然一派繁华景象，车来车往，只是不会堵车了。硕大无比的广告牌闪着蛊惑的眼神，广场上有遛狗的，有跑步的，有在十字街口烧纸祭奠亡人的，还有一对情侣在广告牌的霓虹闪烁中紧握着对方的手说着什么，是誓言吗？会在风中凝结还是飘散？父亲感叹："十年了，唯一没变的风景就是环卫工人在这个时候依然清扫着马路。"

我想起辛笛的诗——

《航》

从日到夜

从夜到日

我们航不出这圆圈

后一个圆

前一个圆

一个永恒而无涯的圆圈

将生命的茫茫

脱卸与茫茫的烟水

一年就是一个圆圈、一个轮回，人们就在这轮回中扩大了流光年华，体验了人间冷暖，感受了真情光亮。

在风中往回走着，我带着飘飘荡荡的心事，抬头看看夜空，绚烂的烟花斑驳了冬的颜色。一种豪气充盈在心间，我很庆幸自己还有那么多梦想，即使这梦想会被嘲笑，我还是要一如既往地追逐，纵然跌倒，也要摔得很豪迈。

回到家，母亲坐于电视机前，等待着春晚的开场。母亲的目光，带着棉质的温暖。

刚入伍时

　　我从入伍到现在已经将近三个年头了，初穿上军装的新奇与兴奋慢慢沉淀为充盈在心中的神圣和自豪。每当回忆起刚刚入伍的时候，便有许多感慨从心中溢漫出来，像一阵忽急忽缓的风，吹动着记忆的帷帐。

　　大地洒遍西风、天长雁影稀的时候，我们这批从地方特招入伍的大学生集中到南昌陆军学院封闭训练三个月。刚接到通知时我很激动，心想能到红色革命圣地来集训，肯定受益匪浅。进了南昌陆军学院的大门，就见两侧松柏林立，庄严古朴，虽已是初秋，可还是一派夏天的景致，尤其是小湖旁，可谓是"绿树荫浓夏日凉，楼台倒影入池塘。水晶帘动微风起，满架蔷薇一院香"。正当思绪随风飘散的时候，车停了，我抬起头，看到一排排四层小楼像列队的士兵一样整齐地排在那儿，从此，这其中的一座便承载了我初入军营的所有汗水和泪水、欢笑和悲伤。

刚到队里，就开始了大扫除。队长带着白手套细细检查，要求牙刷头只能朝一个方向摆放，连衣柜里的摆设都必须一模一样。我开始意识到，如果说以前我们都是原创的，都是唯一的，那么现在开始变成了盗版。我们要穿一样的衣服，吃一样的东西，用一样的脸盆，盖一样的被子，这里不需要个性，只要求整齐划一。

进入学校的第一堂课就是学习军史。我们像一株株植物，需要有水的灌溉和滋润，教员们的声音像是从机井里抽出来的水浇灌在麦地里一般，缓缓地、汩汩地流进我们的心田。那浸染了血与火的岁月在时光的倒影里叠印成鲜红的旗帜，那段曾经照亮了多少代人心灵的历史在年轻的眼眸中重新升起光荣的火焰。

南昌的天气实在不敢恭维，我们初来乍到就遭遇了秋老虎，已经是丹秋九月了，温度还在四十度左右浮动。一个星期过去了，秋老虎始终没有撤离的意思，教员说南陆从来不会因为天气的阴晴冷暖而改变教学课程，于是我们按部就班地投入到了紧张的学习训练中。队列训练的时候，没过几分钟，我们就像刚从水里捞出来的一样。如果说以前我们的大学生活有一种舒缓音乐的品质，那么在汗水里浸泡的日子更像是生命酣畅淋漓的叫喊，这种叫喊中饱含着青春的汁液，饱含着激情的沸腾。每一个人都成了上足发条的钟表，熄灯、起床、列队、口令、站岗……每一个姿势，每一个动作，都按照战争的要求被分解和量化。没有了时间，没有了空闲，有的就是累。

在这里每天看到的都是太阳从云霭后面喷薄而出的景象，以前总是月亮越过窗棂悄悄地爬进来陪伴，太阳升起的时候，我还蜷缩在被子里蒙头大睡，阳光照耀不到身体，也照耀不到灵魂。现在只要是晴天，都可以看到旭日东升，这是大自然最得意的一幅力作。每当这个时候我就会感到心情愉悦，走在队列里，沐浴着阳光好像完成了一次精神的洗礼、一次心灵的照耀，赋予生命以新的启示与信念。日出的景象仿佛是一幅为自己举行升旗仪式的优美剪影，因为阳光昭示了一种生存姿态——热爱生活的姿态。

每天早晨跑一个三公里，下午跑一个三公里，一到这两个时间，就感觉好像前面有一把利剑直逼着自己，后面则是万丈悬崖，但又不得不硬着头皮上。大学里过惯了懒散的生活，三公里对于我们来说，无论生理上还是心理上都是挑战，只好自我安慰说：挑战自己也就是完善自己、壮大自己的过程。在一次次努力的奔跑中，在一次次汗水的浸泡中，我找到了像风筝一样逆风而上的感觉，越是在逆境中，越是能激发奋勇向前的意志。从大学校园走进绿色军营，就必须抛除多姿多彩的生活，去接受这单调、重复和沉闷，因为身上穿的不再是牛仔裤、T恤衫，而是庄严的军装。这绿色神圣而纯粹，却又包含着多少复杂的内涵，其中滋味只能自己去一一体会。从文弱书生到钢铁战士，从大学校园到绿色军营，从安坐于课堂到驰骋于训练场，这样的转身，漂亮也艰难。

即便在军营里，也没能泯灭我们这群小女生爱美的天性。

我没事的时候就打听别人军装的尺码，看看有没有人愿意跟我换，因为当初发的冬季作训服还能再套下一个我，使劲勒紧腰线也无济于事，还是不能显示出身材，于是我总在宿舍里嚷嚷："谁能助我把军装穿出时装的风采？"功夫不负有心人，终于找到一个愿意和我调换的，她喜欢穿肥大的衣服，说那样跑起来步子迈得大，我兴高采烈地和她把衣服换了过来。我们的美不再是浓妆艳抹的美，而是刚毅的美，俊秀的美，军人特有的美。

从饭堂回来是不需要站队的，女孩子们喜欢三三两两勾肩搭背地走，或者把手插进裤兜里。队长总会悄无声息地走来，在我们胳膊上使劲一拧，我们尖叫着回过头去，看到队长严肃的脸："两人成行，三人成列。"从那以后我们愣是把这些坏习惯改了过来。队长说新兵们就像一棵棵小树，要直立着生长，就必须砍掉旁伸斜出的枝枝丫丫。而砍掉这些枝丫，必然伴随着疼痛，经历过这种成长的疼痛，我们才会更加挺拔。

渐渐地，每个人都觉得自己身上开始有了"兵味儿"，就像一个笨拙的毛毛虫在努力地破茧成蝶，原来的优雅和斯文被撕得粉碎。吃饭的时候原本习惯细嚼慢咽，可如今却要狼吞虎咽，就像在往肚子里倒；以前每天早晚都要呵护娇嫩的皮肤，可现在所有护肤品一律没收，那些瓶瓶罐罐根本就没地方放，洗漱从脸到脚总共只有三分钟，洗澡十分钟，收拾衣服三十秒钟，化妆就别想了……所有的事情都有时间规定，真的就像在打仗，甚至连上厕所、进宿舍都要打报告，声音要振聋发聩，要气势如虹，要有吓破敌胆的气势。渐渐地，我觉得这样的生活太单调、太枯燥、太死板、太幼稚，觉得身上的女人味开始一点点消逝，不再柔软，有一种刚硬的东西扎入我的灵魂，敲一下便能听到铿锵的回声。有时我很怕这种刚硬会把原来的温雅、绵柔泯灭了，不过那一丁点儿的迷茫也被紧张的生活节奏压制得无处抬头，既来之则安之，有时就觉得自己是水做的，倒入什么样的容器中，就会变成什么样子。

从射击课到军事地形学，再到战术课，挑战一次比一次大，肩膀磨破了，脚起泡了，每次脱衣服都要用水打湿才能脱下来，但我们乐此不疲。尤其是军事地形学的夜晚行进，走在村庄里，点点如豆的灯光亮起，让夜晚显得更加静谧空旷，只有我们细碎的脚步声和隐约的说话声。走到某一个地方，会突然传来一阵狗吠，我们都不害怕，队长早已教了我们怎样对付"拦路狗"，只要弯下腰，假装捡石头，狗就会落荒而逃。再看月亮，挂在参差的屋顶上，格外明亮，好像时间也被这如膏脂般的月色凝固住了，于是我会在这个空当想家。透过皎洁的月光凝思神往，仿佛看到了家中那透着温馨的小窗，看到了父母那殷切期盼的目光，月光把牵挂拉成一道长长的丝线，铺成一地盈盈的银辉，思念像一条闪光的玉带，轻轻拨弄着银色的琴弦。同样是人类情感的无语凝寄，月光负载了太多的情意，一轮圆月寄托了天下多少亲人的牵挂。

月是茫茫黑夜的光亮，是情思漫溢的抚慰，透过月亮，我仿佛听到了遥远的乡音。索性关了手电筒，好久都没有感受过这样的月光了，它从来不属于城市，天地间涌动着一种宁静的慈悲和深宏的博大。今晚，这轮月亮不再是李白的月亮、张九

206

龄的月亮、王若虚的月亮，而是只属于我们这群兵。它不再是月光缱绻，素影依依，而是滤去了迷惘和惆怅，带着别样的清明与澄澈、坦荡与奔放。时光流转，月亮寄托了多少军人的思念和牵挂，所以她的脸上才会带着浓重的油画般的质感，有多少军人"受命之日忘其家，临阵之时忘其亲，击鼓之时忘其身"，只是为了让更多的家能像月亮一样圆。

一声激扬的哨音划过苍茫夜空，思绪被拉了回来，我们已经回到驻地。

时光荏苒，不经意间就滑过了秋天，转眼已是隆冬时节。风中还回荡着出发时的鼓点，我们却到了分别的时刻。那一天，我们的口号格外响亮，步伐格外整齐，当"一二三四"从嘴里飞出去的时候，每个人眼里都噙满了泪花。因为我们看到了来接我们的巴士已经静静地等候在营房门前。

女兵们都泣不成声，当我们下楼梯时不用开灯就知道迈多少步台阶，光听声音看背影就知道是哪位战友时，我们却要分别了。虽说天下没有不散的筵席，但这分别似乎早了一点，我们在这里驻足的时光似乎也太匆忙了一点，三个月短暂，却也丰沛。忘不了我们行走在山野发现目标时的欣喜，忘不了战友们雨中卧倒匍匐的身影，忘不了三公里考核时那一根根把战友情紧紧系在一起的背包带，更忘不了准备春节联欢晚会时都熄灯了我们还没有回去，队长和教导员又重新穿好衣服，去大礼堂接我们回家。我想在这个时候，我们都读懂了队长严厉的目光背后深藏的呵护和关爱。他们不舍，我们同样留恋，是他们牵着我们的手迈出了军旅生涯的第一步，这第一步也许走得歪歪斜斜，也许我们的脚印还显得很稚嫩，但我们已经从起点迈出，以后的路同样能走出精彩和绚烂。

一路携手走来，留下了太多的回忆，在未来的岁月里，它将凝聚成一首低回轻旋的歌，时时拨弄着我们的心弦，定格成永恒，闪耀在我们回眸的瞬间。

这个纯净得不含一丝杂质的集体，没有纷争，没有倾轧，只有紧紧拧成一股绳的团结。如今我们要离开这里，投向一个新的集体了，风再次将枯黄的叶子吹落，当那首"送战友，踏征程，默默无语两眼泪"的歌声萦绕在耳边时，空气里弥漫的全是悲伤，每个人的心也因此变得更加沉重。这是军旅生涯的第一站，可铁打的营盘流水的兵，每个人就像那蒲公英，要带着希冀和理想飘向远方了，我唯有留恋与珍惜。看着整齐的行囊已收拾妥当，再重新摸一遍每天都爬上爬下的床，这个四层高的营房收纳了我的兴奋和喜悦、迷茫和坚持，记录下滚烫的热泪和挥洒的汗水。也许这里我永远都不会再回来了，一切都将定格在记忆里。

即将奔赴各自的工作岗位了，有留在繁华的现代都市的，也有到荒凉的边防海岛的，虽然分工不同，但我们的职责是相同的，那就是保卫祖国。信念是一个人的灵魂和精神支柱，是生命意义的写照，只要有崇高的信念，在哪里都能建功立业。

队长还在嘱咐着："到了新单位，一定要有礼貌、有眼色、勤快。平常做事要眼观六路、耳听八方，要机灵点，哪个干部都喜欢机灵的战士……"

上了车，我和车外的人挥手，心里默念："战友们，离开这里也别忘了我们在一起的时光！我们是第一批可以称得上'战友'的人，那泥泞中的摸爬打滚，体能训练时的不离不弃，那些同学习、共劳动、同娱乐、共生活、同训练、共战斗的画面毕生难忘。"盘点过去，不只是怀旧与玩味，当我们目送西山的落霞满天时，心中期待的是明天那轮喷薄而出的红日。

　　年轻的生命共同走过难忘的青春时光，梦想与梦想叠加在一起，叠加出激昂但不失温馨的军旅岁月，化作缕缕阳光，润泽着每个人的心。很多年后，曾经在一起度过的岁月将因时光荏苒而变得弥足珍贵。它就矗立在记忆的不远处，发出时宏时细、忽远忽近、亦低亦昂的声音，把思绪带回遥空，带回那片绿色的精神家园。

信仰应当被"激活"

　　前些天去辽宁看望舅舅和舅妈，他们跟我讲起青年时代的理想和信念，舅舅眼中立刻闪烁出炽热的光芒。师范学校毕业后，舅舅响应党的号召参军，到部队当了一名文化教员。他说他没有和家里商量就偷偷报了名，接到入伍通知后才告诉姥姥。姥姥哭了很久，姥爷倒是很开明，说好男儿志在四方，应该去，就这样舅舅到了部队，成了一名解放军战士。那个时候他心中满怀信仰，一心一意投身到社会主义建设中去，为报效国家贡献自己的力量。他的青春岁月光灿、闪亮，同新中国一样充满着勃勃生机。

　　舅舅在讲起那段岁月时依然激情满怀，我换上军装，和舅舅合影，他上下打量了我一番，说："看看，扣子都不系好，我们那个时候出门都要检查好几遍，每一粒扣子都扣得严严实实，帽子戴得端端正正，穿上这身军装是荣誉，注意军容风纪啊。"

说完，他走过来，要将我上衣的第一粒纽扣系上，我赶忙解释："舅舅，这是07式军装，规定第一粒纽扣不用系的。"舅妈在旁边打趣说："还以为一切都老样子呢，死脑筋。"舅舅说："你的人生中有当兵的经历，这是一生都应该感到骄傲和自豪的。"我点点头，心中陡然生出一种敬佩，严谨、严肃的军人作风已经融进他的骨子里，这也是一种信仰吧。

贺龙之女贺捷生将军曾写过一篇名为《重说理想信念》的文章，犀利深刻，直指社会痼疾。她在文章中回顾了家族的历史，缅怀为革命事业献出宝贵生命的亲人，她在文章中写道："引领他们奋勇向前的正是美好的理想和坚定的信念。如果不谈信仰，先辈们抛头颅洒热血的光辉人生和甘愿牺牲的奉献精神就无法理解。先辈若没有信仰，我们的国家和人民就没有今天。但信仰、理想、信念这些高尚的字眼，在这个时代已经逐渐变形了。"

每个时代的理想和信念有所不同，每个人的理想和信念也会不同，但指向的都应是宏大和崇高。贺捷生在文章中写道："看电视剧《潜伏》，国民党天津情报部门的李涯讽刺用情报换美元的谢若林'没有信仰'。谢若林回答得很干脆，也很无耻，他说'我有信仰，我信仰生存主义'。这就是说，我为生存活着，只要能活着，其他统统无所谓。无疑，这种观点丢掉了一个人社会属性的责任，剩下的只是自然属性，为活着而活着。让我不可思议的是，我在今天的网上竟然看到了对这种论点的赞同。"我想在当下，虽然不至于卖情报，但确实越来越多的人都滑向了实利主义的深渊吧，理想和信念被利益遮蔽了，它的光芒越来越黯淡，在价值取向多元化的今天，理想和信念分了叉。

贺捷生说："中国人的信仰是不能死机的，它应当被激活。"如果让现在的年轻人说理想和信念是什么，估计大多数人会说有个好工作、找个好对象、买得起房子、开得起好车之类吧，当然这些固不可少，但人总不能汲汲于眼前的利益，眼光要放长远一些，生命里总要有点高尚的东西来引导前行的脚步，这样生命才不会虚无，生活才不会沉沦。

胜利在胜利之外

克罗齐说:"一切历史都是当代史。"历史根本没有真相,作为近现代战争片,《兵临城下》中宏大的场面让观众从一开始就身临其境:用生命守住斯大林格勒,决不让德寇跨过伏尔加河。

画面呈现的是整片整片的废墟,到处都是残缺的尸体,士兵们只要跨入战争的门,面对的只有黑黢黢的枪口。胜利是用人的生命堆砌出来的,当冲锋号响起时,没有经过任何训练的战士只能拼命往前冲去。他们别无选择,因为后面还有自己人的机枪对着他们的脑袋,冷酷至极的士官已经下达了死命令:不许后退。

伏尔加河西岸的斯大林格勒是苏维埃莫斯科的最后防线,野狼侵入家园,牧羊人成了浴血奋战的勇士,瓦西里·查塔泽夫就是这样一位猎狼的乌拉尔牧羊人。瓦西里的童年岁月是在跟随爷爷狩猎中度过的，1942 年 9 月瓦西里跟随苏军 284 师来到斯大林格勒，在距莫斯科一步之遥的伏尔加河畔，开始了他神话般的狙击枪手经历。

战场上枪支奇缺，瓦西里接过政委递过来的一支长枪，连射五敌，缔造了英雄的传奇，谱写了战争的神话。只需扳机一扣，枪枪击中目标，每一颗子弹消灭一个敌人。从此，瓦西里的名字成为敌人躲不掉的梦魇，德寇最害怕的一个口号就是："喂，你被瓦西里的枪盯上了。"报纸上每天都有瓦西里又杀死几个德军的新闻。在那个呼唤英雄的时代，在那个高度意识形态化的国家，瓦西里注定成为英雄，他成了苏联人的精神支柱。德国人非常害怕这种精神蔓延，这对于他们的心灵防线具有无坚不摧的杀伤力和毁灭性。

战争与人性处在一个对立的位置，战争是对人性的考验，也是对人性的扭曲和对天性的违背。影片在血腥和暴力中把残酷引向极致，《兵临城下》的大小场面几乎全是在血战，即使有着些许暖色调的爱情，也是泡在血水里的，大敌压境的战地不允许有温馨和浪漫。最令人震撼的是女主人公冬妮娅主动要上前线的理由，她对恋人瓦西里讲道："德寇为了节省子弹，把我的父亲母亲、兄弟姐妹成双成对捆绑起来，然后只朝一人开枪，父亲中弹以后把母亲拖入水中。亲人终于死在了一起，他们永远都没有分开过。"

瓦西里最终胜利了，当他的衣襟在风中猎猎作响时，就已经注定了结局。他终结了德军狙击手的生命，但这胜利却是众多生命换来的，那个孩子——沙查，被吊死的瘦小身影静静地悬挂在天际处，像一张甩出去的牌。

从战争的视域中去审视和反思政治，也是影片作为情感贲张的切入点，俄罗斯民族的反法西斯主义传统是深入人心的。斯大林格勒有一个小小的街心花园，中心矗立着烈士纪念碑，每天都会有两名身着军装、肩扛长枪的少年为烈士雕像守卫站岗。牧羊人手中的枪，成了世界人民反抗纳粹暴行的象征，它所带来的是和平之光。

黄河的诉说

黄河在苍茫的曙光中奔腾，山呼海啸般铁流纵横，浇灌着大地的黎明，唱响着对中华人民共和国六十年华诞的礼赞，它见证了历史的沧桑和民族的腾飞。它要诉说，用黄色的浑厚诉说，汩汩流淌的黄河水激荡着历史的风云，沉沉积淀的河沙铭记着刻骨的回忆。历史的搏击翻滚着昔日英勇的浪涛，时光的琴弦弹奏着今日飞扬的旋律。

满目疮痍是它曾经的容颜，它低低地呜咽着，伴着泥沙俱下的是浑浊的泪水。黄河只看到苍穹下横着的萧索山庄和整日在生存边缘线上挣扎的人们，那愁苦的面容、干涸的眼神，让它的思想汇成一片深秋的旷野，哪怕只是轻微的寒风，都会让那流淌的黄河水似片片凋零的黄叶。它深情的泪化作殷红的血，滴在黄河儿女的心坎上；它沉默的喉管里发出深沉的呐喊，吹响了救亡图存的号角；它眼中喷射着仇恨的火焰，仇恨已经刻进了它的灵魂，成为它踏着苦难的肩膀穿越生命绝境的猎猎旌旗。那是一种灵魂不屈的信念，即使前行的路上步履维艰。栉风沐雨，霜刀血剑，它号召黄河儿女拿起反抗的长矛，对准侵略者的心脏。坚强不屈的黄河儿女英勇地战斗着，他们知道，摆在他们面前的只有两条道路——斗争，或者死。即使倒下，也要成为一座山、一道岭。那湍流不息的黄河水啊，记载了英雄们的浊浪颠簸，昭示着苦难的救赎和民族的重生。黄河之畔传来擎天巨响："中华人民共和国成立了！"黄河浑浊的眼睛里闪现出从未有过的光芒，因为它看到第一面五星红旗冉冉升起在东方的地平线上，它不再沉默，不再悲泣，它要狂舞，要欢歌，为迎接这沧桑巨变后的第一轮曙光。

"往事越千年，魏武挥鞭，东临碣石有遗篇。萧瑟秋风今又是，换了人间。"古老的黄河重新焕发出青春的明媚光泽，它伴随着祖国走过了长长的岁月，像是看着襁褓中的婴儿长成朝气蓬勃的少年。生命是一张弓，那奔腾的黄河水就是满弓的弦，勤劳而坚韧的黄河儿女就是箭手，他们历尽坎坷，笑对苍天。奔流的黄河水托起一轮太阳，那是重生的太阳啊，那么年轻，那么美，挂在岸边的树上。岸边早已不见了衣衫褴褛的孩子，满面春风的笑脸像一张张刚刚绽开的花蕾，他们在夏风轻拂的夕阳下，挺直身子一跃进入黄河的怀抱里，像金色的鱼一样畅游。那里是母亲的怀抱，那里是梦想的摇篮，倦了，困了，可以恬然入睡。夏夜的风送来袅袅暗香，四野安详，黄河用温柔的眼眸亲吻着孩子的脸颊，轻涌的浪花在孩子梦里荡起生命的帆，推着他们成长，长出像树一样伟岸、宽厚的人格。黄河岸边长大的孩子，桀骜不驯，像蓝天下的雏鹰，像草原上的马驹，他们秉承了黄河的品性，个性鲜明，如虎如豹。千年流淌的黄河水，流成民族魂的交汇与融合。

　　黄河陪伴祖国踏着战火的硝烟一路走来，有过磨难，有过欢歌，祖国日益坚强的身躯凝聚了不朽的华夏精神，屹立在世界民族之林，赢得了全世界的尊重与爱戴。祖国，黄河的儿女跟着你，走过万水千山，笑对四海风云；黄河的儿女跟着你，生命才有依偎，人生才有方位；黄河的儿女跟着你，才能横扫阴霾迎来朝阳，沐浴在希望的光辉里。黄河为祖国流淌着，奔腾着，咆哮着。它是一座流动的丰碑，凝聚着祖国的宏伟；它是一腔奔涌的热血，为祖国的繁荣欢唱；它是民族精神的图腾，迸发着生命的光芒。听，那排山倒海的巨响正是献给祖国的隆隆礼炮，是深情真挚的诉说。

红土情

参加过老山轮战的军人，在若干年后又重回云南，把曾经战斗过的地方用摄像机拍摄下来，刻录成光碟，片名叫《红土地》。背面有这样一段：

"也许在每一个人内心深处，都有一些不想提及却又挥之不去的往事，有些往事会像一片风景，主人公只想独自沉迷其中，静静地浏览与回味，并不期待与他人分享。因为那是一个不论你解说得多么清晰，其他人都无法完全进入的领域。

"我们心中的那片风景，对于其他人，也许只是不一样的风光，一串长长的故事和一些或深或浅的思考，而对于我们自己，它却是刻骨铭心、纠缠一生的情感，是我们生命中最重要的部分。"

这段话让我产生了共鸣，我只能在这个干燥的、终日流动着琥珀色阳光的北方去想象千里之外的那片土地，它残酷而绵软，血腥而温暖，真实而梦幻。没有树木，没有植被，只有大片大片的焦红，那是被战争划伤了的肌肤。还有低矮潮湿的猫耳洞，广袤而贫瘠的边境线上，那一个个只能弯腰进出的狭小空间，是躲避子弹的天堂，也是考验人意志力的炼狱。

他们在忆起那段岁月时仍然心潮澎湃。那时候他们青春年少、风华正茂，我不知道他们在奔赴边疆时有没有"风萧萧兮易水寒"的悲壮情怀，也许他们还太稚嫩，没有想过很多。军人就是为战争而生的，军人的使命就是战斗，他们内心深处一定是不渴望战争的，但当战争选择了他们时，只能义无反顾。

这场从 1979 年开始的对越自卫反击战，以中国的绝对胜利而告终。

当然，我与战争是无缘的，它对于我来说虚无缥缈，通过这些参加过轮战的人的讲述，我间接地体味了战争。其中一位很多次跟我提起上前线的经历，每一次讲这段往事，他都像捧出一壶陈年佳酿，把它讲得悠远深长。我知道他一直在为人生中有一段上战场的经历而骄傲。第一次跟我提起的时候，他说的第一句话是："我上前线的那一年，你学会走路了。"很轻松的调侃，背后的记忆却是沉甸甸的。后来他也偶尔提起，那片红土地上曾响起过的枪炮声，曾弥漫过的硝烟，那一颗颗准备血沃青山、骨埋疆场的年轻的心，还有每一场战斗结束后令人悚然的片刻寂静，我都无法体会。但他的讲述却喂饱了我的想象，虽然那是我永远进入不了的神秘空间。他说前线没有水喝，水比金子都珍贵，只能喝罐头里的水。最受欢迎的是水果罐头，最难吃的是蔬菜罐头；饭碗自从带到阵地上去就再也没有洗过；睡觉的时候老鼠还咬他们的脚趾；最残忍的就是在撤离阵地的前一天，隔壁猫耳洞的战友被流弹打穿了脑门。

我突然想起这样一句话："青春因为有梦才会走一回军营，生命因为年轻才想触摸一下战争。"

有一名曾是战地医院护士的人说："那时候我刚刚满二十岁，肤色比同龄人更红润，加上我的脸又是圆圆的，战友们都喊我'小苹果'。我和男兵们一样扛两百多斤的麻袋，和男兵们一样抢救伤员，从来都不觉得累。"

现在她已经脱下了军装转业到地方。她说以后的日子里无论遇到什么难处，都会想到曾经伴着枪炮声睡觉，连生死都置之度外了，还会有什么过不去的坎呢？

还有一位说，这么多年来，他一直惦念着那家房东，给他们寄财物，供房东家的三个儿子上学。去年到云南开会时，还专程回去看望他们，他说是源于感动。在房东家住的时候，只要是有人来找他，房东都会炒花生来招待他的朋友们；他们家门口有一棵并不多产的香蕉树，房东常会在他的军用挎包里偷偷塞上一个香蕉；最让他难忘的是那年中秋节，他和战友们去山上过节，事先也没有和房东打招呼，等他回来时已经很晚了，房东在院子里摆好了月饼，一直等着他回来，孩子们围着桌子转来转去，桌上的月饼却一块未动。

无论是已经脱下军装的，还是正在服役的，永远都是最可爱的人。

走进猛虎师

从戎踏上新征程，淬火炼钢尽忠诚。

钢铁意志得锤炼，铸就军魂撼九天。

——题记

翻开以前的日记，看到自己曾写下这样一段文字："即将踏出菁菁校园，我对这个地方产生了无比的眷恋，但我的脚步不能停留，我要到军营中去，那里也许没有烂漫的花树和清莹的月光，但那里有屹立的苍柏和喷薄的朝阳。我的青春将被涂抹成另一种色彩，那就是象征着和平的绿色，我将为了捍卫这绿色无悔奉献我的青春。"

带着携笔从戎的豪迈誓言和对未来的美好希冀，我走出了校园，迈入绿色军营，在这个天地间都涤荡着勃勃生机的季节，又来到威名远扬的王牌部队，在战火中铸造的钢铁雄师——162师。我走近它，带着难以言说的敬仰和敬畏，在师史馆认真回顾了这支英雄部队走过的光辉历程，心中更多了一份光荣和自豪，更多了一份崇敬和震撼。

"我们在井冈山诞生，解放战争打出威名。血战建昌声震热东，攻克锦州会战辽西，三分钟杀开民权门，金汤桥头神威大振。猛虎扑羊腰斩七军，十万大山横扫残兵。为了新中国的诞生前仆后继，英雄之师所向披靡，无往不胜。我们是祖国的长城，坚守着中华的国门，挥师北上抗美援朝，痛歼美帝鏖战金城，严惩小霸五战五捷，丰碑永立南疆边陲。卫国卫党再建功勋。铁心跟党，任务重于生命。我们是人民的铁拳，肩负着神圣的使命，应急机动全面过硬，猛虎后代雄风长存，铁流滚滚，纵横驰骋。"

半个多世纪前，为了拯救灾难的中国人民于水火之中，为了保卫领土的完整，为了捍卫民族的尊严，这支英雄的部队诞生了。将士们开始了戎马征战的生涯，走过大江南北，无论是在白雪皑皑的高原，还是花红柳绿的江南，祖国的每一寸土地都有英勇的战士在那里长眠。历经无数艰难险阻，他们用一往无前的精神创造了彪炳史册的奇迹。靠的是什么？靠的是信念，靠的是意志。意志是军人身上携带的看不见的"金刚"。正因为有着英勇无畏、百折不挠的意志，才战胜了一切困难，走出重重困境。共和国的旗帜上，写满了征服，而这正是中国的脊梁。

没有哪一个国家的历史如此灾难深重，更没有哪一个国家的军队如此英勇无畏，气势如虹。灾难远去了，精神却永存了下来，不灭的军魂和井冈山精神、长征精神、延安精神、抗洪精神、抗震救灾精神紧紧融合在一起，凝聚了中华民族坚韧不屈、顽强拼搏的高贵品格，永恒地镌刻在中华民族历史的丰碑上。战争掠去了鲜活的生命，岁月磨砺了平淡的生活，沉淀下来的却是精神的永恒。

在走进师史馆时，映入眼帘的是一幅巨画。那是一座丰碑。在硝烟中冲锋陷阵的战士，那刚毅的眼神穿越了岁月的尘埃，依然映澈出那段历史的荣耀和不朽。我心潮澎湃，因为感动，更因为震撼。解说员小阎说，已是耄耋之年的老战士重回部队，参观师史馆，忆起当年征途中倒下的战友仍然老泪纵横。这些眼泪都是为最可爱的人而流。我感动，是因为他们忠诚；我震撼，是因为他们英勇。正因为有着无比坦诚的赤胆忠心，才使得我们的队伍动若风发，一往无前。他们为了祖国的解放与发展做出了不可磨灭的卓越贡献，用坚韧不屈挺起民族的脊梁。

小雨淅淅沥沥，整个营区都被包裹在灰色的迷雾中，肃穆庄严。师史馆静静地矗立在雨中，湿漉漉的风撩拨着我的思绪。透过历史的重重帷幕，我仿佛看到血在汩汩地流淌着。彻夜激战，已是拂晓时分了，子弹像瓢泼大雨一样洒下来，多少名战士以凌空飞翔的姿态扑入大地母亲的怀抱。敌人占据城墙，我军搭云梯强攻，前仆后继。梯断了，战士的脊梁似利剑插入大地，发出铿锵有力的回声，那是一个民族的咆哮和怒吼。梯断再接，雾霭散去，太阳初升的时刻，城墙上霞光四射，辉映着红旗猎猎招展。城墙下，大片大片的杜鹃花遍地盛开，那是花吗？不，那是血，是战士殷红的血、沸腾的血。每名伏地的战士都似击响了沉重的钟，震颤着大地的心脏，每个人的脸上都带着近乎圣洁的庄严。

在波澜壮阔的战斗历程中，162师一诞生便如猛虎下山，所向披靡。时光如梭，当年为了中国的解放而英勇奋战的将士们踏着战火的硝烟走向和平年代，使命不同，忠心不变。汶川地震让和平安详的村庄支离破碎，清澈的岷江水流出浑浊的眼泪，青翠欲滴的秀山悲号呜咽，当年如猛虎扑羊般的七军的部队，再次如猛虎下山，直奔四川灾区，火速驰援。曾经有人说上世纪七十年代是传统与现代的过渡，八十年代是完全断裂的一代，那些"80后""90后"的可爱的战士们——曾经被父辈们误读的一代，在大灾面前表现出无比的英勇和顽强，是灾难为他们正名，是灾难让他们成长。

这些可敬可爱的战士们，在没有穿上军装前，是被宠爱的孩子，也许在他们的世界里，只有五彩斑斓的美好和绚烂。地动山摇之间，他们看到了生命的戛然而止和命运变化的无常，看到了地动山摇间惶恐无助的眼睛，听到了回荡在断壁残垣间的对世界无限留恋的呼救。他们也许胆怯过，也许惊慌过，但低头时，看到的是虎头臂章，是身上的军装，哪里有军旗飘动，哪里就有绿色雄风。他们是铜墙铁壁，是钢铁长城，他们要为老百姓撑起坍塌的天空，他们要大声地对孩子们说："别怕，有解放军叔叔在！"他们就是傲骨挺立的脊梁！曾经失望的父辈们眼里重新燃烧起希望的火花，他们看到了中华民族的伟大精神从来没有断裂过，始终在年轻的生命里流淌、传承、延伸。他们和灾区人民一起掩埋了亲人的尸骨，深藏起刻骨的悲伤，用不屈的精神重建希望的家园。他们牢记自己承担的神圣职责，所以在履行使命时，才能谱写出气贯长虹的英雄乐章。

汶川大地震已经过去多时了，国殇之痛渐渐淡去，这段惨痛的历史谁也不愿意再去面对，但谁也不能忘却。鲜活的生命远去了，为捍卫生命尊严而顽强拼搏的精神却传承下来。可爱的战士们在挽救灾难中体验着爱，体验着温暖，体验着价值，他们懂得这是生命的一种能力、一种状态，甚至这就是生命本身。

曾经用热血和生命浇铸的阵地与战壕，如今成了百舸争流、千帆竞技的训练场，战士们进行体能训练的场面生龙活虎，清脆有力的跑步声犹如排山倒海的雷霆，他们用忠诚的誓言诠释着使命，用荣誉的奖章美化着军营。

潮起海天阔，扬帆正当时，一身橄榄绿承载了无限梦想。没有了莺歌燕舞，军歌嘹亮伴前行；没有了环佩叮当，橄榄枝领花更衬托出英姿飒爽。穿上这身军装，不仅意味着光荣，也意味着牺牲，因为这绿色是和平的颜色，也是奉献的本色。

生命的色彩

用《谁是最可爱的人》书写了时代光辉、铸就了永恒经典的人走了，在我光荣地成为最可爱的人中的一员的时候。

我没有经历过那个年代，但是经典总是可以穿越时空，拂去历史的尘埃，让永恒在记忆中熠熠生辉。最初读到《谁是最可爱的人》，是在中学的语文课本上，军人用钢铁之躯捍卫了民族的尊严，用坚韧和淳朴连接起中朝友谊的桥梁。

伴随着奥运会的结束，火热的夏季即将远去，秋天马上就要来了。我都为自己设计好了秋初的装扮，要穿宽大的衬衫，中间配一条细细的漆皮腰带，或者上身穿长款 T 恤，下面穿短裤和及膝的长靴。一个对时尚潮流无比敏感的女孩，总是对穿衣打扮保持着高度的热情。而今要退却红装换武装了，不能再梳奇形怪状的发型，干净利落地在脑后挽成一个发髻；不能佩戴玲珑精美的饰品了，橄榄枝领花就是最美的衬托；不再听莺莺燕燕的情歌了，MP3 里全换成了嘹亮军歌。一种发自心间的神圣力量在五彩缤纷的世界里萃取出庄严神圣的绿色，它渲染着我的梦想，涤荡着我的灵魂，净化着我的追求，锻造着我的坚强。

滤去了惆怅和迷惘，我看到一条用绿色铺就的生命之路在前方延伸。

传承的丰碑

"清明时节雨纷纷，路上行人欲断魂。"垂念先人的日子，人们总是希望天地同悲，似乎这样才更有大气势，才能更淋漓尽致地表达对先人的追思和哀悼。而今年的清明节，却是春光明媚，碧空如洗。我多年在外求学，自从爷爷去世后，第一次有机会回家乡给爷爷扫墓，距此整整十个年头已悄然滑过。当我伫立在墓碑前，多日以来积郁在心中的湿漉漉的焦躁与忧惶全都被这清和的微风滤去，只留下纯粹的安宁。

虽然逝者已逝，但与爷爷对话的念头时常在静阒无声的夜里闪身而现，尤其是在我无比自豪地加入中国人民解放军这支伟大而光荣的队伍之后，这念头就生生不息，似劲风吹进我血管的风箱里，猎猎作响，燃着了一腔的冲动。在我童年的记忆里，爷爷是一位高大威严、精神矍铄的老人，说话嗓门很大，不苟言笑。每天晨钟暮起时分都会去遛鸟，并在屋前的小院里养满了花花草草，他在侍弄花草的时候，脸上总挂着很专注的表情。爷爷的眼睛很大，即使年老之后脸上布满了岁月的沟壑，一双眼睛依然炯炯有神，带着一种"大风起兮云飞扬"的豪迈和霸气。在他去世后，我无数次地端详过他的照片，想从那刚毅的眼神中读出点什么，却总像隔着一层帷幕，我知道那是我永远都走不进去的历史。

在一个风轻云淡的午后，父亲眯着眼睛对我说："你小时候挨打后，我还会给你买好吃的哄你；我小时候也总逃不过你爷爷的巴掌，而且你爷爷在打了我之后就会关我的禁闭，不让我吃饭。"父亲的眼神似乎是在提醒我要懂得感恩，纵使在我童年的岁月里挨了他不少棍棒。在他的描述中爷爷的脾气似乎更暴躁，但我见到的爷爷他总是很和蔼地笑着，他从来不喊我的名字，而是用山东方言唤我"小妮儿"，每次见面都重复着耳朵听得起了茧的话："好好学习，长大之后要有文化，考大学。"我晃着脑袋，例行公事一样点点头。那时候，小小的我怎么也不会通过爷爷的人生历程去勾勒关于革命、战争、光荣与梦想的影子，或许我幼小的心灵还不能承载起那些生命的血光和疼痛。那些崇高而又闪着熠熠光辉的字眼对于一个眼中只有漂亮花裙和小洋伞的女孩而言是遥远而缥缈的。我纯真的眼睛只看到爷爷种的花在布满苔藓的小院里恣意绽放，爷爷养的鸟在青藤蔓绕间兀自欢唱。我从来并没有把眼前的爷爷和那些在电影中看到的浴血奋战的英雄们联系在一起。直到多年后，我完成了爷爷的夙愿，走出校园后携笔从戎，在回望光荣的英雄时代，缅怀历史时，才发现爷爷和那些为了打江山冲锋陷阵的先烈们一样，也是我应该顶礼膜拜的英雄。而这时的我却只能听父亲用支离破碎的语言重组那段浸染了血与火的历史，只能在父亲的点点回忆中观望那段终日飘着迷蒙烟雨的岁月和用蓝色粗布包裹着的流年。这时思维就被拉成一条长长的线，连接起两段时光的终点……

在硝烟弥漫的滚滚战火中，中国的北方首先吹响了胜利的号角。1949年春天，毛主席的《将革命进行到底》的新年贺词激励着中国人民向国民党反动派做最后的斗争，河南、河北、山东、山西四省紧急动员，号召地方干部随军南下，投入这场伟大的斗争，接管刚刚解放的南方城市。爷爷作为响应号召的四省籍干部中的一员，经过集训后，毅然离开家乡，背上行装扛起枪，高呼着"打过长江去，解放全中国"的口号，带着光荣，带着梦想，跋山涉水来到贵州，义无反顾地将自己的青春奉献给了那片绵延温润却又无比坚韧的红色土地，从此爷爷一家人的生命中有了血脉相连的"第二故乡"。我的父亲和姑姑们的血液里既流淌着北方的粗犷和豪放，又浸润了南方的婉约和温雅，他们对第二故乡同样爱得深沉，爱得热烈，爱得执着，虽然在知青下乡的洪流中，父亲和姑姑们都回到了辽阔浑厚的黄土地上。北方的血脉和南方的水土汇合在一起，养育了他们。当年他们像种子一样播种进南方那片热土，生根，发芽，长出郁郁勃勃的人生叶脉，在爷爷爽朗的北方口音和贵州乡亲清扬的南方口音的共同浇注下，长成了中国大地上的一个崭新族群，然后他们又像一棵棵枝繁叶茂的树，被移植到北方

231

的土壤，这是他们的宿命，也是他们的荣耀。他们是记录那个伟大年代的一面行走的旗帜，无论身在何方，骨子里流淌的都是无比荣光的生命的火、生命的血，以及对祖国的沉沉大爱与忠诚。

　　每当我听姑姑说着夹杂贵州口音的山东话时，就抑制不住探寻的冲动，但再精美的语言都不能还原历史的真实，他们的话语像横亘在记忆之维的一堵墙，遮蔽了那段过往。我常常想，父辈们在贵州度过的悠悠岁月中，有钟灵毓秀的大山的滋养，回荡着潺潺小溪流动的韵律，他们的童年是不是也被染成葱茏的绿？与江南的玲珑婉约、塞北的辽阔奔放、青藏的圣洁舒展相比，贵州的迂回蜿蜒、钟灵毓秀应该有着别样的景致。在父亲的记忆里，那重峦叠嶂的山中始终有一条枯瘦如柴的羊肠小道辗转蹒跚在炊烟袅袅升起的地方，那是纯真质朴的乡亲们用草鞋踏出的绵长幽然的岁月。勤劳善良的人们终年穿着靛蓝色的土布衣服，对蓝色的偏好不仅流露出人们在着装上的含蓄与谨慎，更重要的，蓝色是对苦难人生的超脱，使他们在贫寒中保持恬淡的自尊和对生命的敬仰。

　　多年后的今天，我身处北方钢筋水泥的丛林里，在父亲如诗如画的描述中，时常在脑海里勾勒出令父亲魂牵梦绕的"第二故乡"的模样。我无数次走进它，给它安放上我臆想中的竹林、净月、清雨，可又觉得我的想象越来越使它远离了本来面目，于是它又会在曙光熹微里，在午夜梦回中一点点荒芜，一点点飘逝了。我知道父亲其实是生活在县城里的，或许那片郁郁葱葱的山林是他童年的后花园，而他就是那片神奇土地的国

232

王，擎着高高的指挥棒，率领着山里的蟋蟀、野兔，坠在树上的清新的柚子，开在崖上的淡雅的花儿一起，集合起一支队伍，在一泓清泉、一谷空幽、一缕微风、一抹斜阳中，任意驰骋穿梭。父亲是幸运的，他有两个故乡，在时光滑远了这么多年后，那南方的月光依然清清朗朗地蕴藉着他的心灵。那一抹空蒙的月色不属于李白的"床前明月光，疑是地上霜"，不属于张九龄的"海上生明月，天涯共此时"，不属于张若虚的"春江潮水连海平，海上明月共潮生"，它只属于父亲，只为父亲升起，永远悬在只属于他的那片夜色里，那里是从来都没有荒芜过的精神家园。

我缠着父亲给我讲爷爷的故事，以前父亲总是寥寥数语，他认为我花树锦繁的学生时代是承受不起这些刀光剑影的，他想让我永远都活在诗意的美好之中，父亲用疼爱和娇宠填满了我整个童年。他下了班就带我到环城湖游泳，看我用稚嫩的双手掬起瑟瑟湖水，击碎如镜般残照的夕阳；他带我踏过一地悠长的月光，看那在夏风微拂中翩翩起舞的荷塘。但他不曾告诉过我在明月同样照亮过的南方，那里曾有过我难以想象的艰辛和横亘在岁月门槛上的难以企及的坚忍。在我也成为最可爱的人中的一员时，他带着无比凝重的表情讲述爷爷在剿匪时曾翻下万丈悬崖，幸好被一棵悬在崖外的树拯救。爷爷去世后遗体火化时，骨灰里还残留着弹片。他给我讲述这些是因为他觉得我已经是一名战士，我的肩上扛着保卫祖国的钢枪，我的心中有了重如天的担当。

爷爷在南下干部的大潮中，穿过敌人的枪林弹雨，飘蓬万里，带着解放全中国的满腔豪情，毅然扎根在群山环抱的黔南县城里，做了县委书记。他夙兴夜寐，把毕生的心血和精力都浇灌在了那片炙热的土地上，把忠诚和不朽镌刻在了共和国光荣的史册里。父亲在讲起爷爷时总是带着许多复杂的感情。爷爷出身农家，并没有太多文化。父亲说在他上小学的时候，有一次把成绩单拿回家，让爷爷签字，就是写一下对考试成绩的评价，签惯了公文的爷爷大笔一挥"同意入学"。爷爷不曾想到在多年后的一个闲云漫卷的下午，他的孙女在听到这些故事后笑得前仰后合，不知道他会严肃地皱起眉头，还是会慈爱地会心一笑……

爷爷在离休后回到了北方的家乡，他说落叶总要归根。现在我一身戎装站在爷爷墓前，觉得他战斗过、耕耘过的千里之外的土地，早已不是山清水秀的绿，而是热血灌注的红。拂去岁月的尘埃，钩沉渐远的历史，我仿佛看到爷爷在惊心动魄的剿匪战斗中一往无前，带领群众呕心沥血地建设家园，在蒙受冤屈的十年浩劫中铁血丹心。隔着厚重的帷幕，我依然被爷爷的豪迈胸襟所震慑，丈量人生足迹，我依旧能触摸到他那时铸剑为犁，敢叫日月换新颜的生命律动。我的眼中掠过了绿草如茵、彩花如锦的秀美风景，看到爷爷在南方绵绵细雨的浸润中，用北方的辽阔和坦荡把他的生命演绎成一曲壮烈激荡的华彩乐章，用北方的粗犷和豪迈镶织出一场气势恢宏的流年盛景。那一段时光无比坚固地印在我的思维中，有真实的鲜明，又有我所触及不到的血肉，在我的脑海影像中定格，辉耀闪烁。

我怀念爷爷，毋宁说是感念那段金戈铁马的岁月，追随那段锦帛织就的年华。燃一束纸，点燃送别的火炬，送别一段奋斗不息的历程，承接几度风雨兼程的春秋。在父亲和姑姑们都跪在爷爷墓前时，我穿着军装庄严地敬了一个军礼，军礼无声，但包含了我的千言万语。今天的爷爷看到的不再是一个头上系着蝴蝶结的小女孩，而是一名战士。我想他应该是欣慰地笑着的，因为我接过了他手中的枪，唱响了亘古不变的主旋律，那就是为伟大的祖国奋斗终生。

父亲在南方院子那棵香樟树下，在姆妈的蒲扇轻摇中长大；我在北方的层楼林立中，在都市的霓虹闪耀中长大。不一样的人生经历使我长成他不满意的模样。曾经对我们所谓"80后"一代扼腕叹息的父亲，时常感叹我与历史产生了不可逾越的断裂，惋惜我永远找不到历史归属感。他觉得"80后"一代立足于今回望历史，只能隔岸观火，怎么看都隔着数重天。他不知道我从来没有遗忘过，澎湃在爷爷心中的赤红色的激情不会随着生命的消隐而退却，它一直在迸发，迸发在年轻的生命里；它一直在传承，传承在绵延的血脉中。

路是拓荒者用生命和热血开凿出来的，爷爷和他们那一时代的英雄们，呕心沥血，励精图治，留给我们这一代的是繁盛的中国、腾飞的中国。虽然和爷爷一样的英雄们已是耄耋之年，他们的生命之火也在黯淡下去，甚至已经消隐，做着淡定而从容的谢幕，但我们没有理由忘记他们，而且也不可能忘记他们。他们的生命本身就是一部辉煌的历史，为国家建设立下了汗马功劳。我想跨过岁月的河，采摘下这段时光，粘贴在我生命的年华里，因为这是几代人梦想的重叠，那就是——祖国腾飞！阳光穿过我金色的梦想，我感受到一种幸福，这种幸福不再是形而下的幸福，而是挣脱了拘囿，走向一种宏阔。幸福就是守候，我守候了一座城，城墙就是那延伸在记忆之维的精神，伟大和崇高是我前行的动力，那是从爷爷那传承下来的不朽的丰碑。

脚踏大地，仰望星空

当我再一次站在人生的十字路口时，我常常思考今后的路该往哪个方向走，该怎样走，我能用我的青春去做点什么。这些问题在近一年的时间里始终盘桓在我的脑海中，却总是很茫然，我清楚地知道我厌恶什么，却不知道喜欢什么。

有一天偶然看到一篇钱理群先生的评论文章，先生用两句话来形容一个人最合理的生存状态："脚踏大地，仰望星空。"我不禁豁然开朗。简短几个字，好似树立在人生道路上的路标，在灯火阑珊处闪烁出智性的光芒。"脚踏大地，仰望星空"，最精辟地诠释了现实和理想该怎样去对接，该怎样去弥补横亘在现实与理想之间的鸿沟。这是一次现实和理想的美妙重合，它可以让始终追求独立、自由思想的青年真实又清醒地行走在大地上，同时在艰难跋涉中始终怀着崇高的信仰，守望遥远但无比清晰的精神孤城。

行走在大地上，有春光烂漫，也有雾雪迷天，有和风细雨，也有霜刀雪剑，有静月荷塘，也有急流险滩。纵然江湖险恶，也应该始终保持着崇高的理想和圣洁的追求。有了这些，就有了我们得以仰望的星空，它是引导我们人生航向的灯塔。

鲁迅先生说："希望是附丽于存在的，有存在，便有希望，有希望，便是光明。"这和钱先生的"脚踏大地，仰望星空"如出一辙。星空是我们永久守望的精神家园，每一颗星星都是人类美好情愫的精华，有了星空闪烁的大地永远不会晦暗，守望星空的心灵也永远不会迷失方向。能诗意地去追求自己的生命理想，无疑是幸福的。

星空就在我们心中。

触摸文字的快乐

随着社会的高速发展，媒体越来越发达，电子介质的日新月异让人们应接不暇，书籍越来越边缘化了。人们可以对着电脑专注地盯一天，却不能沉迷到书中一个小时，即使看书，也都看电子书了。家里即使有书房，有藏书，也多半只是做个摆设附庸风雅，任灰尘淹没了那白纸黑字的翰墨书香。

我自己也经常这样，本想打算写点东西，一打开电脑，就开始了网上漫游，时间一晃就过去了。

有空的时候还是关掉电脑，多看看书吧。汉字是集聚了五千年岁月精华的至珍瑰宝，从甲骨成泥到钟鼎斑驳，从竹简绢帛到笔走龙蛇，从太白的杯中酒到雪芹的灯下梦，最终成为简洁明了的现代文字。它是人类文明进步的史诗，中华民族血脉相连的绝唱。

文字是闪烁着智性光芒的，它在人类的精心组合下排列成散文、诗歌、小说，构成一派生机盎然的风景。好书都是有生命、有情怀的，心情舒畅的时候，如和风细雨，晴空丽日；心情低落的时候，似高山流水，琴瑟合鸣。书里承载着一个更斑斓的梦想，书里折射着一个更辽阔的世界，书里隐匿着一个更孤傲的灵魂。

那些或激烈或颓废，或绚丽或朴素的文字，都暗藏着人生玄机，需要你慢慢去参悟。身临喧嚣之境，面对世事浮沉，用心触摸每一个文字吧，无论它带给你的感觉是真实的，还是梦幻的。阅读总是一种思绪的飞翔，一次心灵的沐浴，一回真实的游走，在这圣洁的殿宇里静静地修养身心吧。

离　歌

在这个充满了分别伤感的夏季校园，没有想到自己会为别离泪如雨下。总以为心会在成长中被磨砺得愈来愈坚硬，即将离校的日子里，我很平静地参加毕业典礼，平静地与同学道别，但在那个阴郁的下午，在文化楼前毕业合影时，突然抑制不住地悲伤，以至于不能自持，最后竟然忘记脱掉厚重的学位服，一路哭着回了宿舍。泪水、汗水交织着肆意地流，流成一汩欲说无语的慨叹与茫然。

三年的时光凝聚成再也回不去的对岸，我试图给它一个命名、一个总结，可发现它涵盖了太多的内容，有喜悦、飞扬，也有忧伤、彷徨，还有充满了生活质感的生命疼痛。来到这个距离家乡很近的城市三年了，它朴实而又温和，几乎每天都艳阳高照，我像一只色彩斑斓的鱼游弋于其中，有阳光的日子就有了无与伦比的快乐心情。然而生命的足迹并不总是明亮的基调，每走过一段路，就想把不愿保留的记忆抹去，但发现过度追求生命的纯净只是一种虚妄，它们和春初的山花、秋初的枫色一起凝固成今朝犹忆还似梦的斜影，清晰地印在岁月的雾霭里，汇成一首清新的歌，在岁月的记忆中绵延轻旋。

我非常幸运，之所以这么说，是因为首先我选择了文学，内心总是涌动着无比真挚的热情去触摸文学的经脉，文学给予我的实在太多太多。打开书，那些文字便如鲜活的生命般跃动起来，或汇成涓涓小溪滋润着心田，或涌成惊涛巨浪撞击着心房。文学是真正能保持情感和人性温度的东西，它支撑着我走过浮世的喧嚣，走过生命的低谷，给我力量，让我始终保持着一种清醒和警觉。

因为选择了文学，所以又得遇良师，导师改变了我的生命轨迹。我临近毕业才懂得了隐藏在她几近苛刻的严厉背后的良苦用心，她像一个技艺精湛的工匠不厌其烦地精心打磨着我的粗糙和轻狂，用高洁的心性和昂扬的人生态度引导我永生去追寻生命的尊严和人格的高尚，这将会使我受益终生。我也非常感谢父母，他们无时无刻不关心着我，指引着我的人生方向。在成长的道路上，我所迈出的每一步都凝聚着他们的心血，是他们让我懂得无论在什么时候，亲情总是弥足珍贵的。

在烂漫的春天里，我却一再见证死亡，姥姥和与我年纪相仿的师姐相继离世。外祖母安静地走过了一个世纪，而师姐却在最绚烂的花季如流星般陨落。就在去年的这个时候，她还穿着学位服与我留影，还说要帮我准备来年我毕业时要用的学位服，然而待到花树锦繁时她却香消玉殒。想想生命的轨迹无论长短，皆回归并沉寂于大地，的确伤感和无奈。但我想她们会一直用温暖而湿润的眼睛在天国遥望着我，纵然前方路漫漫，我也应该昂扬前行而不能退缩和消沉，我应该让她们看到我会用坚实而执着的脚步走出绚烂和精彩。

　　众多神奇的力量给予了我用坦荡、坚韧去面对生活的勇气和信心，我在生命的雾霭里找到一条明朗的生活之路，在精神的突围中渴望灵魂的皈依。这段写于家中的文字就算是我对充满温情的生命旅途的告白吧，也是我对未来美好岁月的憧憬与期盼。

出去走走吧

当寂静的空山开始被柔淡的细雨浸润，当婉转的鸟鸣开始把冬日的萧瑟涤荡，当潺潺的溪水把绿色枝芽的影子映出，春天就到了。

出去走走吧，看那枯枝上的残雪被煦和的春意包围，在即将逝去的严寒余威里都渐渐消融了，雪下面枯黄的杂草已在暗地里更改着颜色，只待春风一夜忽来，便铆足了劲蓬勃生长。

出去走走吧，听那鸟儿都鼓起舌簧，把细润的鸣唱捎到山涧，明快的歌声催得桃花点点盛开在鹅绒般丝滑的薄雾里。比那鸟声啁啾更悦耳的是孩子们纯真晶透的笑声，似带着彩翼的精灵，伴随春风飘散，落在刚刚吐蕊的花瓣上，落在欲待抽芽的柳梢间，落在翘首企盼的眼眸中，点燃了一季的斑斓。

出去走走吧，踏访那无语的花影，感受那挣脱了一冬的严寒后在春光里绽放的明艳。谁说花朵是柔弱的代名词？我想起冰心的诗："成功的花儿 / 人们只惊羡它现时的明艳 / 然而当初它的芽儿 / 浸透了奋斗的泪泉 / 洒遍了牺牲的血雨。"是花儿冲破了严寒，把春色带到人间。

春的气息荡漾开来，把冬日的严寒、北风的凛冽都轧进岁月的车辙里，让身体的每一个细胞都染上了春天的蓬勃、朝气和希望。出去走走就是感受一种春天的希冀，亲历一种力量的新生，刷新一次岁月的更迭。暂时放松紧张的情绪，放下繁忙的工作，享受慢生活，在短暂的休憩里，让思绪随着足音跫然，如翩飞的蝴蝶飘向远方，让心灵来一次畅然的漫游。

此去经年

　　春与秋同，春末的午后是一个很容易伤感的时光，醒来后，铺天盖地的疲倦包裹了我的全身。我看着天花板，忽然感觉很恍惚，心里一片空白，仿佛置身前尘。外面已经绿树成荫了，郁郁的青葱凋零了昔日的苍黄，只有心底泻下一抹苍凉。喜欢把自己藏起来，静静地迎接再一次绽放的光彩。

　　很想有个巨大的行囊，背走我所有的忧伤，让我简单地生活。简单是一种境界，我却怎么也抵达不了，心里有一团热情的火焰，却怎么也点不燃这尘世的凉。

　　穿梭在不清醒的现实与梦境之间，纷纷扰扰，用一抹清泪洗刷掉往日的忧伤。纵使尘世如花般绚烂，我只想在一隅默默观望，世间的绮丽繁华已将我遮盖。

　　往事枯瘦如柴，前方又路途漫漫，无所依恋，更无所依靠。习惯了颠簸，心里生出些胆怯，心情印上斑斑驳驳的月华，流泻了一地的冰蓝。我一直在寻找一种永恒的存在，走过流年，才发现这个世界没有永远，包括自己，不知终究是归人还是过客。

东京梦华

历史不可再现，只能在遐想、冥想、臆想中最大限度复原。然而越接近真实，就离期望值越远，所以还需要粉饰，去掩盖历史缝隙中的瑕疵。

"小楼昨夜又东风，故国不堪回首月明中"，大唐的风吹进宋朝的原野，于是"东风夜放花千树""宝马雕车香满路，凤箫声动，玉壶光转，一夜鱼龙舞"。世界上的每一种事物都是以抛物线的状态存在的，历史的演进亦是如此，大宋崛起的巅峰状态是神话，是传奇，是历史长河中耀眼的星。

我坐在清明上河园的水边，看着历史的帷幕拉开，宋朝的烟云弥漫开来，如梦似幻。云雾散尽处，车水马龙，熙熙攘攘，一派繁华景象，只是鱼龙舞尽、灯火阑珊处，还有一个不知今宵酒醒何处的落寞身影。

慢慢转过身来，那张清癯的脸渐渐清晰，是柳永。

柳永是有风骨的，他不屑与达官显贵结交，却嗜好出入烟花巷陌。要说柳永，应该算是最懂得怜香惜玉的绅士，因为争求功名无望，所以对现实彻底心灰意冷，才把一腔哀怨愁思寄予青楼，何况他原本就是多情之人，索性"忍把浮名，换了浅斟低唱"。他敢与现实抗衡，说他是个纯粹的人可能有些牵强，但最起码是个彻底的人，能够放得下，不管是心甘情愿的，还是被逼无奈的。所幸丹青屏障内，有红颜知音相随，佳丽们的心声是："不愿君王召，愿得柳七叫；不愿千黄金，愿得柳七心；不愿神仙见，愿识柳七面。"在柳永的人生哲学中，生活与艺术不能并驾齐驱，只能是独轮车，一不小心就翻进了万劫不复的深渊。

月亮总是柳永一个人的月亮，挂在宋朝上空的那弯月亮从来都是如弓，如柳。它不是苏轼的，不是欧阳修的，也不是李清照的。伤怀的思绪似绵绵的风，拂过他的心头，月亮永远没有圆满的时候，残月当头，冷无声，西风料峭，一叶小舟承载着命运的漂泊，执手相看泪眼，一片凄迷。停靠是短暂的，漂泊是永恒的。自古伤情多别离，远行之后，山高水阔，青鸟音绝，别时难，相见亦难。即使良宵佳夜，也会无端惹起万千愁绪。

大宋东京亭台楼阁，勾栏瓦肆，漕运虹桥，城阙通衢，到处歌舞升平，觥筹交错，落寞也只是柳永一个人的落寞。如今的开封一落千丈，连省会都不是了，古城的墙砖戴着修葺复原后的面罩，一脸虚假。夜市上烟熏火燎，人声鼎沸，那浮华也只是历史边缘处溢出的泡沫。喧嚣是城中人的喧嚣，落寞是一座城的落寞，往日的绮丽如同一只放飞出去就断了线的风筝，怎么也捡拾不回来。昔日皇城根下的人只能在回望和遐想中把那点老故事披上凤冠霞帔，包装，再包装，企图榨出点历史的余味来。烟云怎么变幻，也变不回当年的风光，正应了柳永的那句"此去经年，应是良辰好景虚设。便纵有千种风情，更与何人说？"

历史如此，人生亦如此。风光散尽之处，竟日空凝睇。遥远王朝的星光，就算再璀璨，能照亮些许当今的天际吗？

释然人生

今天我偶然看了一篇文章，是史铁生对命运的理解。回忆起去年这个时候在解放军艺术学院培训时，系主任带我们去了地坛，那天的场景还历历在目。天空中密雨斜侵，园子里正在开服装展销会，早已不再是作家笔下寂寥的庭院，而是一派浓重的烟火气息。

史铁生已故去多日，他对人生的透悟和对苦难的释然让我有同感。有人让他拜佛，他退避三舍，说佛不能让他瘫痪的双腿站起来，也不会教他妙笔生花。佛如要人拜才会保佑人，就不配称作大慈大悲。佛的本意是一种觉悟，是一个人的思想所要到达的最高境界。人家让他算命，他也不算，说命好，无须算，好运自来；命不好，更不必算了，乐得活一天高兴一天，省得知道了又要战战兢兢地过，等待着灾祸来临，何苦呢？

然而史铁生又很信命，说你若预测万事万物的未来，它就会有无数种可能，但最后你走过的只有一条路，这似乎又是命中注定的。他说苦难消灭，自然也就无忧无虑，但若苦难消灭了，一切也都消灭了。所以人不可能追求什么绝对的公平、永远的利益，以及完全无忧无虑的幸福。

　　史铁生对命运的看待自有他的道理，也许长久地坐在轮椅上，静下心来，就能看透世间纷扰。路是靠自己走出来的，人虽然不能完全主宰自己的命运，但有些事还是可以自己做主的。

　　无论路怎么样走，只要不虚度，就是不错的人生。

守候和游走

济南的春天风很大，吹干了我的心，发出空空荡荡的回响。春风激荡的夜晚，我穿着短袖衫坐在家里的地板上，一个星期前我还在部队的营房里穿着军大衣冻得瑟瑟发抖，济南的春天就这样突然来了，有点措手不及。幸福在一刹那间突然改变了模样是生命无法承受之重，那么幸福在一刹那突然降临是不是可以算作生命无法承受之轻呢？到底什么是幸福？我依然无法给它一个明确的界定。"恰似春风相欺得，夜来吹折数枝花。"抬头看看天上的流云，像破败的柳絮一样被风肆虐地撕扯着，它可以反抗吗？它用什么反抗？

在这样的夜晚，我突然非常想念张爱玲。每当无助的时候，她那氤氲着暗暗沉香而又无比尖锐犀利的文字似乎总能幻化为一双搏击现实的有力臂膀。抬头望镜中人，一脸的无奈和恓惶，还要从别人那汲取前行的力量和勇气，不觉为自己感到悲哀。那个用寂寞和孤独揭穿世事伪装面纱的女子，似一潭古井般深不可测。

深不可测的还有我的心，游走和守候成为我生命中的两种姿态，我一直在不停地游走，其实我内心深处是那样渴望去守候，但是去守候什么？守候一簇温暖的光？守候一缕温煦的风？守候一春怒放的花？抑或守候一道爱恋或赞许的目光？每次都以为自己找到了可以终生不离不弃的东西，可当我走近时，却发现前方又生出一条路，路长得望不到尽头，依然要继续前行，即使遍地荆棘，还是要去寻找。我追问孤城里的风，到底是什么让我不停地游走？有时，我想停下追逐的脚步，它一脸肃穆的表情告诉我："不——能。"

我想我还是应该前行，也许面临的仍是无物之阵，但我仍然应该犀利、凌厉、锐利，因为我已经远离了温情的羽翼。这个世界本来就残缺不全，它没有那么温暖，也没有那么凄凉。想给自己定位什么姿态？自己选择吧。我庆幸，我还有选择的余地。这难道就是幸福？不对，幸福就是安抚，被别人安抚。我能被安抚吗？我又能被谁安抚？

我的世界依然是满目繁华，但繁华落尽，灯火阑珊处，有一座摇曳的孤城。

一如既往的夏天

　　我曾经为了一个需历尽艰辛才能到达的目的地而忽略了路旁的风景，现在重拾起来，发现自己拥有的其实很多；也曾有一段时间，感觉自己像极了希腊神话里的西绪弗斯，石头从山上滚下，再推上山，如此反复，却执着如初。我在用倔强挑战着周围的蔑视和嘲讽，却未曾想过改变。

　　其实心底也不是如平原般坦然，时时会泛出些轻波微澜。最怕下班回家，刚钻进楼道里，就被扑鼻的饭菜香味所围绕，我使劲吸鼻子，似乎这样可以得到味蕾的满足，但心里却空落落的。也渴望一进家门就有可口的饭菜摆在桌上，简单却很合乎胃口。有时也想自己锅碗瓢盆地忙活一番，营造一点家的感觉，却懒于动手，也没有那个心情。于是经常想家，每次回家前总会对自己暗暗说回家一定帮爸妈做点家务，也亲自下厨为他们做上几个菜，然而一进家门就被那种丝棉枕头般的温馨感觉团团包围，只等着衣来伸手饭来张口，连碗都不刷了。所以回家成了萦绕在我心头的挥之不去的一个情结，一个念想。

今日大暑，炎热的上午，明媚的阳光钻进我的心底，带我做了一次快乐的飞翔。然而午后，夏季的雨却不期而至，它遮挡了阳光，但也有了菩提一荫的清凉。这个夏天很平静，似乎一切都在按部就班地进行，我也在很努力地搭建我的童话小屋，好放置我的快乐和幸福。无论这个世界怎么变化，都想为自己留一个小空间，把所有的坏情绪挡在外面，然后努力去坚持我的坚持。

晚上，雨停了，望苍穹，一枚弯月挂在天边，橘色的路灯下，回首看到自己被拉长的身影，还有那氤氲在雾气中的亭台花圃，感悟到其实自己一直守护着最美的风景。

随　吟

　　我心血来潮想要去爬泰山，周末一大早就出发了，最初萌生这个想法是在中秋节前，一日偶遇朋友，受之鼓动，说如果有什么愿望，可以去泰山上许个愿，愿望就能实现了。我想了想，愿望还真积攒了不少，就去了。

　　到了泰山脚下，车不能往上开了，只能坐大巴车去中天门。天空中开始飘起蒙蒙细雨，到了中天门，风很大，缆车也没有开，我只好一步一步往上爬。一路上见到石刻就想留个影，连石头上刻的什么都没看清。当然了，遇到我这样超级爱拍照的，自然是以拍人为主，至于背景是什么就无所谓了。

　　爬了一会儿，脸上开始渗出细密的汗珠，直后悔衣服穿多了，脱了还得拿着，干脆不脱。我一路上除了拍照没怎么停下来，也没有太留意石阶两旁的风景，只是满目的苍翠把连日来阴雨的闷浊洗刷得干干净净。来登山的人络绎不绝，摄影爱好者是来找寻摄影素材的，对着石头细致的纹路拍个不停；书法爱好者是来品味泰山文化的，对着石刻自己也伸出手来描摹一番；也有善男信女不远千里来朝拜的，还有附近居民单纯为了锻炼身体而爬山的，各有各的乐趣，各有各的目的。

石阶不停地拉长，本以为不久就会到达顶峰，可转过弯去，一袭长长的石梯又映入眼帘。一个多小时后到了十八盘，我看着矗立在前方的南天门，却觉得很遥远。台阶越来越陡，步伐也越来越吃力，最后只剩下一定要爬上去的念头，每爬完一段台阶，心底都会泛起浅浅的喜悦。

到了碧霞祠，看到正面供奉的三尊神像都是女性，我开始琢磨为什么神像一定要是女性。包括观音菩萨、妈祖，她们是母亲的象征，是生命的赋予者，自然对人类有呵护的责任和拯救的义务。比起威严的玉皇大帝来，也许更容易接近，更能满足人们的愿望，所以她们会坐在香火缭绕的大殿里，接受芸芸众生的朝拜和供奉。

再往前走就是玉皇顶——泰山的最高顶，玉皇庙里供奉的还是玉皇大帝，男权还是占据着无可取代的制高点。

我被山风吹得东倒西歪，冻得像个冰棍，把身上的衣服裹了又裹，看到玉皇庙，一下子有了久违的感觉。思绪与风擦肩而过，和雨擦肩而过，飘回了若干年前的夏天。那年我十岁，母亲带我来泰山，在这里留过影；还有那块看日出的石头，当年我还爬到上面去了，如今石头中间已经开裂了，四周被栅栏圈了起来。那年我十岁，在泰安上学，外甥还是个无比调皮的

258

小男孩，如今已经是远在新西兰的牙医，并娶了一位马来西亚女孩。那年我十岁，写了一篇泰山游记，发表在杂志上，那是第一篇印成铅字的文章；如今我还在某个风和日丽的午后或者辗转难眠的午夜，独自码着字，记录着或喜或忧的情怀。

思绪再次飘回来的时候，我已经回到了中天门。看到卖烤地瓜的，我就买了一个边吃边排队等车下山。地瓜像只小暖炉，向冻僵的手输送着温暖，回到了泰山脚下，才想起自己是来许愿的，可这些想许的愿望随着汗水，随着一路千奇百怪的想法一起蒸发掉了，无影无踪。剩下的唯一愿望，就是赶紧回到百里之外的小屋里，喝一杯热水。

其实很多事情都是这样，有时你为达到一个目标而做了细密周全的准备，一路上的风景和遭遇却让你不由自主地改变了初衷，到最后，你为什么而出发，而跋涉，而不辞劳苦、不畏艰辛，你都忘记了。你收获的与在起点时想要的已经大相径庭了。梦想留在了身后，镌刻在生命叶片上的印痕已经冲淡了很多，那一路的经历像莹润的雨滴，洒向人生的每一处空隙，不肯停歇的，是那架在水岸之侧的时间的车辙。那些曾经的愿望和生命一样，注定要流逝，也许还会在某个长夜的尽头，再次醒来。

散　曲

　　小年，暮色四合的时候下班往回走，碰到同事，我过去打招呼："去食堂？"

　　"不去了，小年了，回家包饺子，你去我家吧？"

　　我婉言谢过之后，一个人去了咖啡厅。走在路上，城市上空骤然多了烟花的火光，猛然感受到过年的气氛。偌大的咖啡厅里只有寥寥几个人，服务员都围在吧台旁聊天，团圆的日子，没人来享受这份清雅了。回来时看到院内爆竹似落花洒满一地，大红灯笼高高挂起，张灯结彩，去年的喜庆似乎刚刚意兴阑珊，今年的时光已经匆匆滑至年尾。

　　节日是一个放大镜，放大着幸福，也放大着孤独。世界上最动人的情话，不是"我爱你，我想念你"，而是在我最需要的时候，你说，"我在这里"。我很在乎每个节日，哪怕是一个小小的节日，喜欢这种形式的东西。多数人的欢悦衬托着少数人的孤独，每次都告诫自己不要期待太多，因为期待过后就是失落，没有了期待便不会失落。以为自己已经很麻木了，现在才知道心还没有被冬季的寒流冻僵。是谁说每一个不敢再爱的人，一定深深地爱过，看起来好像百毒不侵，实际上是怕动了真情后又被伤得一塌糊涂？太敏感的神经就会牵扯进太多的痛楚，太彻悟的心就会揉捏出太多的苍凉。爱情，我依然相信它只是一个用语言的纤维包装的精美童话，经不起撕扯。爱与痛，都是有轮回的，曾经小心翼翼地相信会有一个奇迹在不远处等着我，只是梦醒处，了无痕。

夜，零星的爆竹声在远处响起，火光划过长长的夜空，划过耳膜深处，沿着我的视线四散开来。是谁将美丽的童话放逐，翔出夜梦，打上一个终止的结？那些腾空飞起的烟花被凝固成晶状的絮语，在天宇中幻化成嬉戏的花瓣，然后坠入凡间，华丽落幕。风卷起碎裂的爆竹，乱红飞过秋千去，让一泓迷雾不剪自碎。

黎明轻轻打磨着夜色的晦暗，打磨出一缕晨光，灯光下通往诗歌小径的心窗，也该再次打开，迎接明媚的阳光了。

另外的海洋

　　我一下车就觉得温度骤然降了许多，到了船上更是被海风吹得找不着北。这个小海岛很干净，也很清静，一副与世无争的样子。怪不得总听人说内陆城市脏，一比较才知道果真如此，小岛的马路上纤尘不染，每个人脸上都挂着悠闲的表情。虽然才来了几个小时，但我已经不想走了。

　　晚上我在海岛上转了一圈，一直喜欢一个人散步，因为可以边走边想事情。来时父母反复叮嘱，从生活到工作，具体到各个细节，比如不要挑食，否则只能饿肚子；海岛温度低，不能只要风度不要温度，要注意保暖；因为环境比较闭塞，所以出入要低调，为人要谦虚，特别不能以为到了基层单位就趾高气扬，就搞特殊；不能独树一帜，总想着出风头，要做好吃苦准备，靠扎实的作风和素质来赢得别人的尊重。父母总是高屋建瓴地给我很多指导，我很受用，并一一记在心里。

　　家里的诸多事还是很牵挂，父亲搬家总是磨洋工，想做到精益求精，一点小事都想做得很艺术，母亲很操心、很累。因为离家要很久，两只胖胖的金鱼也只好托付出去养。朋友换了工作，有诸多不适应，却要腾出很多时间来安抚我的情绪。我想着想着一下子走了好远，来到海边上，心界突然开阔了许多，担心的事情也帮不上忙了，倒不如什么都放开。

　　地方小了，心却大了，一点小事情都可以让我高兴半天，比如晚上连队要会餐。

在路上

　　天尽头是即将褪去的残红，把海水的乌蓝和天的墨灰调和在一起，海边的空地上露出浅浅的新绿，像是漫不经心地散布在沙滩上一样。我突然想起海子的诗："我有一所房子，面朝大海，春暖花开。"也是在一刹那间，突然意识到这些我都拥有了，现在正是春暖花开的季节，我住的房子也正好面对着大海，我也算是一个幸福的人了。在这座小海岛上，没有那么多让人眼花缭乱的商品，也没有让人顾盼流连的美食，我也开始关心粮食和蔬菜，也想给这里的每一座山起一个温暖而流畅的名字。

　　我很庆幸选择了与这片海在春天相会。我总是很固执地、没有由来地做出一些选择，但上天总是很眷顾我，每一次倔强而任性的选择到最后都不会有太差的结果。从我来到现在，它

264

一直都很温和，风平浪静，海不会随季节一同老去，不凋谢，也不萎靡，它的喜怒哀乐只随着自己的情绪而起伏。没有一点包装，坦率从容，冷峻得让人心生敬畏，但有时也会在黄昏流露出一丝羞涩，像一幅水墨画，淡雅而隽永。

我承认我的内心世界繁复而嘈杂，参加工作后总是让我感觉很不踏实。起初得到这个工作只是凭着单纯而热烈的信仰，以及对这身军装炙热而黏稠的感情，后来才知道庙堂之高，不胜冷寒，仿佛处于云雾之端，下面层烟缭绕，我所面对并身处其中的是一个庞大而坚硬的机构，它威严并且没有任何暖色的表情。我要做的就是一点一点垒砖头，把根基填补得坚实，这个过程很艰苦，也很辛苦，但我必须要做。

焦灼的心情因为海域的阻隔而渐渐淡去，心里也暂时平静了，每一寸皮肤都舒展开来，感受着时间的静静溶解。宁静是属于心灵的，一个人要具备关注自己内心世界的禀赋，才能步入精神的净地。海岛上的生活很原生态，又那么朴实和纯真。这里的天气也是说变就变，没有一丝遮拦，早晨还是阳光明媚，一顿早饭的工夫就阴云密布了，前几分钟还狂风怒号，顷刻间太阳又出来没心没肺地笑。只有那袅袅缭绕的烟气在半明半暗的余光中，在似灭非灭的灯影中，慢慢扩张着，在海上船只孤单的身影旁氤氲开来。

我来这没几天，很多场景都似曾经历过。我不迷信，却冥冥中觉得命运无形中被安排好了，像一条长长的线被巧妙地断开，打了个结又连起来，不那么顺畅，却丝丝入扣。来这里，是一次机缘、一次主动的选择，也算是一次心灵的休憩和出游吧。我总在想自己的骨子里是不是有不安定的成分，要么行走，要么读书，身和心必须有一个在路上。因为只有在路上，才不会觉得人生被荒废。

　　海潮卷起的是风浪，时间带走的是年华，而人活的是一种心境。远航的帆，载得动梦想，也载得动梦想的归期吗？

秋雨秋思

　　绵绵的秋雨持续了半个月后，中天雾断，云开艳阳灿。向往温暖和光明是人类的天性，久违的阳光洒下来，我的心情豁然开朗，褪去了苍白，重新拥有了光彩。

　　秋风秋雨总是交织着凄切哀婉、忧伤愁思，所以才会有"秋风秋雨愁煞人""秋花惨淡秋草黄，耿耿秋灯秋夜长"，才会有"渐霜风凄紧，关河冷落，残照当楼。是处红衰翠减，苒苒物华休"。

　　大学毕业后我回到北方，几乎每天都是艳阳高照，有阳光的日子里，我便是愉悦的。可最近数日连绵阴雨，心情也随之沉郁起来，在一个午后，醒来映入眼帘的仍是灰暗的天空和丝丝秋雨，我突然想起了生活在桂林山里的人们。那里的天总是阴霾的，低矮的青砖瓦房在烟雨中望去像是从天空扔下来的几块破抹布，到处都是湿漉漉的，就连贴在屋檐下的广告纸也浸满了水汽，有气无力，垂头丧气。

到桂林的第二天，我们去游漓江，中午时分，下起了太阳雨。漂在江上，我和摇船的师傅攀谈起来。他说他一辈子在这条江上摆渡，日复一日，年复一年，度过的岁月就像这漓江水一样幽静而绵长。站在船头放眼望去，两边都是翠艳欲滴的小山，船行一段距离，就会看到岸边几间瓦房静静伫立在那里，仿佛隔着岁月的屏障，以一种宠辱不惊的姿态和时间并排站着。山里的人们在终日不绝的雨丝中劳作、生息，他们身上都穿着蓝色的土布衣服。蓝色是最民间的颜色，也是最宽容、最平和的颜色，只有蓝色能承担起人类的苦难，也只有蓝色能以无声的语言表达着人类对于命运的隐忍。

在北方阴郁的下午，想着千里之外的雨，觉得只有乡间低矮的瓦房、广袤的原野才能明了秋雨的清婉、淡然，而喧嚣的闹市只会粗鲁地把它纤尘不染的诗情踩成一汪污水，人们被催赶着在时间的涯上奔波，是无暇去品味、去怜惜这一腔柔情的。秋雨落在钢筋水泥中、灯红酒绿间，原本质洁，却被沾染了一身浊气，枉费了绵绵的深情。

清夜唤真

　　这个多雨的夏季让我莫名其妙地喜欢上了没有阳光的天气。以前只爱赤日当空、流金铄石的缤纷与绚烂，遇到阴天时，心情也变成沉闷的灰色调。现在领悟了大地被天空涂成一种颜色的单纯与质朴，躁烦的心也会平静下来，那是对绚烂之极归于平淡的真实和安宁的向往。

　　有时看似微弱的东西却蕴涵着无限的思想。放假后，校园的夜晚很安静，路灯都灭了，只剩点点微弱的灯光，相比远处闪烁的霓虹，它是那样黯淡。那夜走在校园中，点点微光让我幡然醒悟，太执着地追求心中的目标，目无一切地向前冲，恰恰会忽略适合自己的东西，比如适合自己的人。他也许不应该有锋芒毕露的锐利和突兀，更不应该盛气凌人。看似耀眼的特质反倒会灼伤我。他应该有田园般的气质，有着树一般的清新与平和，应该有一双柔软的手，抚平我内心的恐惧；应该有一双温和的眼睛，闪烁着灯火般的温暖；还应有着清醒的理智，为我指点迷津。

越接近离家的日子，内心越是忐忑不安。七月的夜晚，满天星光似乎一瞬间吸走了我所有的骄傲和自信，我像萎缩在墙角的盆栽，因为害怕孤独，所以逃也似的回到了家。家像个丝绒棉被，我嵌在里面不愿意出来，每根神经重新注满了欣悦。习惯了与父亲四目相对时，他投递给我的温和一笑；习惯了临睡前，父母在我房间一起海侃。当我刚刚适应了这种生活，又要离开家了。每次离家，都是一种无声的痛，迈出家门就意味着把那些温暖的情愫剥离，然后和着月影，独行。

遥夜，无月，别样清幽，风独舞，弹指韶光过，残香与愁绪同落。

正午时分

天气渐渐冷起来，日光愈拖愈长，寒气一波一波地来袭，令人感觉到秋天刚遮遮掩掩地登台，就立刻被冬天的风吹散了，像一出折子戏，唱到最高亢的地方倏然中断，纤细余音还没来得及品味，冬天便粉墨重彩地登场了。

上午我外出办事，走到大门口，看到警卫营正举行老兵退伍仪式，半个小时后我再回来，退伍战士军装上的肩章和领花都摘掉了。领花和肩章是军装的灵魂，没有了这些标志，军装也就失去了意义，不知道他们会不会把记忆也留在军营里。

俗话说"铁打的营盘流水的兵"，军营是这样，学校亦如此。每年夏天学生毕业，冬天老兵退伍，离别的愁绪都会到处泛滥，亲历过的人按说应该习惯了离别，比如连长，比如指导员，比如老师。这是部队和学校必须完成的新陈代谢，旧面孔离开之后就会有新面孔把空缺填补上，整个机制依然井然有序，不会有半点错乱，但那些熟悉的声音、气息都会飘然而去。离去的时间非常短暂，可能只需要一个上午，或者下午，但这些人不会重现，因为他们都是一个独一无二的个体。

只是对于我来说，每一次离别都会伤感。

老兵们还在营房门口照着相，想存留下每一个瞬间，他们脸上的表情错综复杂，试图努力挤出一个笑容，泪水却顺着脸颊悄然滑落。他们看不到这个冬季的军营全貌了，这里的景色会如浮光掠影般在记忆里飘散，留给他们的只有怀念，怀念，怀念。人生中其实有很多很多记忆，岁月越长，记忆越多，人生就会变得沉甸甸的，所以要不断地放下，只有放下，才不至于负重前行。他们到了新环境，就会有新朋友，慢慢地，就会有人淡出他们的视线，成为一个定格的符号，这是在所难免的，因为人在旅途上走，经过一个个驿站，时间久了就会遗忘一些东西，比如熟悉的气味、风景，还有人。

这个城市的阳光依旧灿烂得一塌糊涂，只是再回到营院的时候，我突然意识到有些身影像风筝一样越飘越远了，直到消失在天际边。想到这，浅浅的忧伤在我心底弥漫开来。

明　朗

　　这个秋天，我突然喜欢上一个词：明朗。缘于有一天郊游时，看到山路旁有一丛黄色小花，这个词遂闪身而现，然后倔强地盘踞在我脑海里，挥之不去。

　　那个明媚的午后，山谷里绽放的野花在阳光下傲然仰着脸，褪去了最初的羞涩，闪现出阳光般的明朗和豁达，让我的心瞬间汇入一股感动。那是一种对待人生的态度，昂扬、锐气、坦然、挚诚，也是生命不息的律动。

　　明朗，一个简单的词，细想来却包含了许多人生况味。

　　明朗是秋天的底色。旷野里有一种沉重而又温和的气质，日暮紫霞浸染秋空，穿越了春夏激情的绚烂与热烈，开始走向沉静和朴素，天地间涌动着宁静的慈悲和宽容，那是一种无声的澄明和辽阔。

明朗是人生的理念。是经历了世间百态、世事沧桑而沉淀下来的一种美好品质，是穿越了幽暗晦涩的低唱浅吟，千回百转的余音绕梁后，历练出的君子风骨。所谓"君子坦荡荡"便是如此，摒弃了人性被格式化的虚假，带着入世的洒脱和率直，行走于天地间，且歌且行，天地霜华不过一浮町。

明朗是爱情的态度。是忠贞的表达，是两个人心如明镜般赤诚相对，没有欲说还休的委婉，也没有娇嗔悲怨的含蓄。因为真诚，可以震天撼地地去爱，也可以咬牙切齿地去恨，无论怎样，都是情到深处的表达。

明朗是前行的勇气。生命中有太多情感需要去体味，有太多坎坷需要去跨越，命运的手把无数偶然置放于生命旅程中，或带给你惊喜，或带给你沮丧。只是无论怎样，这次旅程都是单行线，无可回避，更无路可退，唯有用心走过，穿越晦暗、迷茫和困惑，才能到达目的地。

这样一个秋天，内心细密恬淡的喜悦轻托着沉寂了一整个夏季的心在阳光下轻舞飞扬，然而却没有方向。在这个没有主流没有中心的年代，心在失望与希望间穿梭，在奋进与颓唐间浮沉。内心始终涌动着诉说的愿望，可是一旦愿望披上语言的外衣，却褪了光彩，徒留虚无。唯有在东方既之白时，执着地守望思想的孤城。

冬天的下午

　　冬天的低气温把四季的情绪全部凝结起来，流年韶华定格成永恒，当喜怒哀乐随着雪花纷纷回归大地的时候，这一年也就定了型。

　　冬天的下午适合感悟，时光的脚步会变得缓慢，缓慢到停滞。我特别喜欢史铁生《我与地坛》里的一段话："十五年中，这古园的形体被不能理解它的人肆意雕琢，幸好有些东西是任谁也不能改变它的。譬如祭坛石门中的落日，寂静的光辉平铺的一刻，地上的每一个坎坷都被映照得灿烂；譬如在园中最为落寞的时间，一群雨燕便出来高歌，把天地都叫喊得苍凉；譬如冬天雪地上孩子的脚印，总让人猜想他们是谁，曾在哪儿做过些什么，然后又都到哪儿去了；譬如那些苍黑的古柏，你忧郁的时候它们镇静地站在那儿，你欣喜的时候它们依然镇静地站在那儿，它们没日没夜地站在那儿，从你没有出生一直站到这个世界上又没了你的时候……"这样的文字，特别适合在冬天阅读，只有冬天能赋予它沉静而安详的质地。

冬天的下午适合回忆，回忆过往，你会不由自主地安静下来，像是走进一个堆满积雪的静谧园子。在沉静中，你会看到时间的影子，看到自己的影子。在午后斑驳的阳光中睡去的时候我总会做奇奇怪怪的梦，梦中似乎总在奔跑穿梭，跑向哪里并不知道，我的梦总生不出翅膀，长不出羽毛，它只能贴近大地的心脏。

冬天的下午适合独处，心会变得很容易满足，想有一个空间，把自己隐藏起来，越深越好，片刻的安静就能带来莫大的快乐。我总有一种想逃离的冲动，可千回百转之后，发现自己还在原地不动。理想很丰满，现实却很骨感，笑自己终究逃不开俗世的羁绊。

冬天的下午适合反思，给苍白的季节注入一点思想的颜色。有人说："人生有两大悲剧，一个是得不到想要的东西，另一个是得到了不想要的东西。"这两大悲剧都在我身上发生过，并由此耽误了不想耽误的时间，但还是一直笑着，就算不快乐也没有皱过眉头，因为我实在太喜欢自己的笑容。

冬季的下午适合遐想，天地间变得空阔起来，让人充满对未来、对人生、对岁月的憧憬。我曾以为这一年冬天把我的一生都定了格，在回望中才发现人生的路只不过才走了一小步。北风吹弯了我眺望的目光，不知道要怎样追求，才能抵达终点，也许路根本就没有尽头。

冬天的下午，夕阳隐去，夜幕降临的时候，风驻了片刻。透过冬天伪装出来的冷酷无情，你会蓦然感受到，其实它很善良，只不过想还你一片纯净，一丝清醒，一份释然，让你放逐满腹的惆怅，找寻那超然境界。

　　然而时不待我，只好别离这如梦如诗的境地。